Faz duas semanas
que meu amor

Dados Internacionais de Catalogação na Publicação (CIP)
(Câmara Brasileira do Livro, SP, Brasil)

El-Jaick, Ana Paula
 Faz duas semanas que meu amor e outros contos para mulheres / Ana Paula El-Jaick. — São Paulo : GLS, 2008.

ISBN 978-85-86755-46-0

1. Contos brasileiros 2. Lesbianismo 3. Lesbianismo na literatura 4. Lésbicas - Ficção I. Título.

08-00378   CDD-869.93

Índice para catálogo sistemático:

1. Contos : Literatura brasileira   869.93

Compre em lugar de fotocopiar.
Cada real que você dá por um livro recompensa seus autores
e os convida a produzir mais sobre o tema;
incentiva seus editores a encomendar, traduzir e publicar
outras obras sobre o assunto;
e paga aos livreiros por estocar e levar até você livros
para a sua informação e o seu entretenimento.
Cada real que você dá pela fotocópia não autorizada de um livro
financia um crime
e ajuda a matar a produção intelectual em todo o mundo.

Faz duas semanas que meu amor

E outros contos para mulheres

ANA PAULA EL-JAICK

FAZ DUAS SEMANAS QUE MEU AMOR
E outros contos para mulheres
Copyright © 2008 by Ana Paula El-Jaick
Direitos desta edição reservados por Summus Editorial

Editora executiva: **Soraia Bini Cury**
Assistentes editoriais: **Bibiana Leme e Martha Lopes**
Capa: **Marcos Martins, com base no quadro *Le Sommeil*,
de Gustave Courbet**
Projeto gráfico: **BVDA – Brasil Verde**
Diagramação: **Acqua Estúdio Gráfico**

Edições GLS
Rua Itapicuru, 613 – 7º andar
05006-000 – São Paulo – SP
Fone (11) 3862-3530
e-mail gls@edgls.com.br
http://www.edgls.com.br

Atendimento ao consumidor:
Summus Editorial
Fone (11) 3865-9890

Vendas por atacado:
Fone (11) 3873-8638
Fax (11) 3873-7085
e-mail vendas@summus.com.br

Impresso no Brasil

Para Márcio e Ju.

SUMÁRIO

Prefácio _____ 9

Uma história de amor livre _____ 11

http://www.blog.com.br _____ 13

Conto epistolar (?) _____ 17

Perfil do consumidor: uma *lesbian chic* _____ 21

Perfil do consumidor: uma caminhoneira _____ 25

Maria Sapatão _____ 29

A Mulher Maravilha _____ 31

Faz duas semanas que meu amor _____ 35

A mão presa na porta _____ 37

Do nosso lar _____ 43

Gracias a la vida _____ 47

Sonhos _____ 51

Para Verlaine e Platão _____ 55

Ablação _____ 57

Volte sempre _____ 59

Mais importante que _____ 65

Literatura fantástica latino-americana
ou mulher com mulher dá jacaré _____ 71

Poema-declaração de amor _____ 75

Fábula lésbica: quando a vaca foi para o brejo ___ 77

Ana Paula El-Jaick na casa de uma amiga _____ 79

O jogo dos dez erros _____ 81

Prefácio

Formando uma minoria dentro do já minoritário mundo *gay*, as lésbicas desenvolvem uma sensibilidade que não é necessariamente nem uma reprodução dos arquétipos femininos tradicionais nem tampouco uma imagem especular da que caracteriza os homens homossexuais. Essa sensibilidade configura um universo sobre o qual em outras sociedades – como a norte-americana – já existe uma literatura muito extensa, na ensaística, na poesia e na ficção. No Brasil, por outro lado, esse campo ainda é relativamente inexplorado, certamente bem menos que o do homoerotismo masculino.

Num punhado de pequenas narrativas epistolares, vinhetas, crônicas, poemas-minuto, entrevistas imaginárias, Ana Paula El-Jaick se propõe a examinar, com leveza e argúcia, o mundo do homossexualismo feminino. Neste seu livro de estréia, a autora não reluta em enfrentar os diferentes estereótipos que a sociedade atribui às sexualidades heterodoxas, até porque boa parte da auto-imagem *gay* é construída criticamente em torno dessas personæ, assumidas e repudiadas, isoladas e combinadas, com graus variáveis de ironia e resignação, pastiche e paródia. Disso resulta uma gama extremamente ampla de comportamentos e posturas, que detona qualquer tentativa de rotulação.

Assim, em *Faz duas semanas que meu amor* vamos encontrar perfis dos dois extremos na galeria de tipos lésbicos (a *femme* e a *butch*), bem como versões exclusivamente femininas das diferentes variedades de relação amorosa: o caso efêmero, a paixão obsessiva, o triângulo amoroso, o casamento estável com complementaridade de papéis e até mesmo a variante menos examinada de todas – a opção pelo auto-erotismo (em "Gracias a la vida", um dos pontos altos do livro). Nada escapa ao olhar atento de Ana Paula, desde o desabrochar da consciência de opção sexual numa menina ("A Mulher Maravilha") até o inconsolável sentimento de perda de uma mulher já idosa que sobreviveu à companheira de longa data ("Mais importante que"). São também devidamente registradas as diferentes reações do mundo maior dos *breeders* diante da evidência da sexualidade sáfica, variando desde a perplexidade ansiosa das pessoas que convivem com a protagonista de "O jogo dos dez erros" até a agressividade assassina de uma torcida de futebol, em "Maria Sapatão". Em todos esses textos, evidencia-se a inteligência inquieta e a percepção aguçada que são a marca registrada de Ana Paula El-Jaick.

Paulo Britto
Tradutor literário, escritor e professor
do Departamento de Letras da Pontifícia
Universidade Católica do Rio de Janeiro (PUC-Rio)

Uma história de amor livre

Conheci Simone porque precisava de extrato de tomate. Ela me conheceu porque precisava de talharim. Eu, na dúvida entre o Pomarola e o Cica; ela, entre o Ádria e o Frescarini. Foi então que tivemos de desfazer o mal-entendido da fanchona que nos tomou por um casal enquanto nos convencia de que no Carrefour estava muito mais barato.

Depois de dissuadi-la, fomos para minha casa e comemos meu macarrão com o molho dela, conversando sobre as maravilhas do amor livre. E assim para o quarto numa noite ruidosa que só acabou quase de manhãzinha, um pouco antes de eu surpreender Simone largando sua enorme camisa de lã verde, despojada, na cadeira da cozinha e, num sorriso, dizer que ia esquecê-la e voltaria à noite, desesperada tocaria minha campainha se perguntando onde ela estaria. A campainha soou às sete, e ficou por muito tempo ali a enorme camisa verde-viva.

Até que um dia Simone não veio. No dia seguinte, veio, mas eu não estava. Só isso e bastou para as noites seguintes ficarem mais e mais silenciosas e a camisa ir se puindo até continuar no banco da cozinha simplesmente por que não nos lembramos dela no meio de tantos "Vai ser melhor assim".

Agora que o tempo passou, posso dizer que estamos muito felizes depois de mortas uma para a outra; quando ela encontra minha melhor amiga e pergunta "Como vai a Falecida?"; e quando eu visto a enorme camisa de lã verde, pondo-me desmilingüida, para ouvir, satisfeita, que está muito grande em mim e, distraída, responder que "O defunto era maior".

Una historia de amor imposible

http://www.blog.com.br

[24.04.08]
Só sinto por Catarina
Bárbara veio me receber com um sorriso perfeito de quem acabou de lembrar uma coisa engraçada. Depois de nos cumprimentarmos e tal, sentamos para ver o filme. Ela pegou todas as fitas que tinha e pôs em cima da mesa para eu escolher: *Amigas de colégio, Gia, Meninos não choram...* Peguei *Desejos proibidos,* mas acho que ela não estava a fim de ver esse porque segurou minha mão e a colocou em cima de *Quando a noite cai.* Nesse meio tempo de nossas mãos se encontrando, tudo desapareceu da minha vista. Ainda lembro que cheguei a pensar na mania que Hollywood tem de rasgar a roupa – sexo selvagem? Mas, de olhos fechados, não vi o que aconteceu – só sei que eu não tinha mais medo do outro, de Bárbara, do olhar dela que devia estar mirando minha boca, da aproximação do corpo dela, vindo em direção ao meu. E daí que, pela primeira vez, Catarina dormiu sozinha em casa.
Comments: 10

[23.04.08]
O começo (?)
Acabei de me aprontar para ir ao encontro de Bárbara. Pânico! Imagino que não seja nem um pouco difícil parar de beijar aquela boca linda dela... o difícil vai ser começar! Com um olhar?
Comments: 7

[22.04.08]
Melhor filme que não vi

Da tragédia que foi ontem à noite tento colher um bom fruto: me dei conta de que conheci uma lésbica que toda mulher gostaria de ter a sorte de conhecer. Também me ocorreu que, talvez, sem que eu nem suspeitasse, ela seja a pessoa que ando procurando há tanto tempo. Passei o dia me perguntando se há uma lógica por trás dos lugares-comuns do tipo: a menina namora durante dez anos um sujeito até que terminam, quinze dias depois ela conhece outro e no mês seguinte estão casados. Relembrei minha adolescência e concluí que a única coisa boa a seu respeito é que não volta nunca mais. "Sexualidade recalcada" que chama? Enfim, demorou, mas chegou esse dia: hoje, 22 de abril, dia em que descobri que eu gosto de viver para fugir da realidade, para sonhar. Foi só um minuto de indecisão, e logo depois resolvi ligar para Bárbara – me desculpar, devolver o casaco, lembrar aquele filme que não vimos. (Se é verdade que Deus sabe da intenção de todo mundo deve estar apavorado comigo.) Frio na espinha por medo de ela não querer atender meu telefonema. Mas esse arrepio se desfez: foi ela quem se desculpou por ter me levado àquele lugar; por ter tentado me dar um beijo; por ter... Interrompi para esclarecer se o convite para ver o filme ainda estava de pé. Estava: de pé, de mão... Amanhã; local: casa dela.

Comments: 8

[21.04.08]
Lésbica – eu???

Agonia – não consigo entender o que está acontecendo. Me conformo – beleza não é para entender: beleza é de olhar. Desespero – se estria fosse preta, eu seria uma zebra. Desbundada – sou minimalista. Comum – pessoas me cumprimentam na rua me confundindo com amigos. Liquidação – ponho minha alma à venda: aceito cheque pré-datado, vale-transporte, tíquete-refeição... Apesar de tudo isso, fui me encontrar com Bárbara em seu consultório. Linda – ela veio toda de branco e um casaquinho verde amarrado na cintura. Ela sugeriu que fôssemos para aquele bar ótimo ali pertinho tomar um chope antes do filme. Beijo – logo que entro dou de cara com duas mulheres se beijando de língua. Não sei o que me dá – tasco um beijo demorado no rosto de Bárbara. Ela desamarra o casaquinho verde e volta a atá-lo – só que, agora, na minha cintura: nós duas presas, juntas, pelas mangas do casaco verde. Recuo – penso que até agora vivi perfeitamente bem sem Bárbara (nesse momento me pergunto para quê...). Medo – fujo antes de ela conseguir me beijar; de me convidar para ir até sua casa; de me ligar me chamando de seu amor: vou embora, casaquinho verde e tudo.

Comments: 15

[20.04.08]
O sonho

Essa noite sonhei que eu ficava repetindo para uma menina que estava de pé, atrás de mim: "O problema é que eu sou lésbica. O problema é que eu sou..." E se eu cedesse à sugestão da veterinária e a chamasse para ver um filme aqui em casa? Pois é – marcamos para amanhã.

Comments: 5

[19.04.08]
Que espere sentada

Fui obrigada a ligar de novo para Bárbara, aquela mulherzinha triste. Ela disse que Catarina vai ficar bem, que a vida é assim mesmo, então para eu não ficar nervosa desse jeito, para a gente sair qualquer dia desses para tomar um chopinho, que tem um barzinho bacanérrimo perto do consultório dela, que quando eu quiser é só ligar para a gente marcar... Ela que espere sentada.

Comments: 6

[18.04.08]
Mal-amada

Me pareceu displicente o modo como Bárbara tratou Catarina. Uma veterinária que não tem bichos, nem deve ter plantas, tipinho de que gosta do cheiro das flores de plástico. Daquelas que dão notícias ruins sem esboçar um ai. Fez que eu me lembrasse do meu medo de facas, de armas, de pessoas, do outro – enfim, de tudo que possa ferir. Em-

bora não saia da teoria, pratico criticamente vinganças cruéis contra a veterinária mal-amada.
Comments: 5

[17.04.08]
Veterinária sapatão
Hoje acordei como a laranja das propagandas de creme para celulite, sonhando em um dia me tornar pêssego. Catarina também não acordou nada bem: tive de levá-la à veterinária que minha vizinha recomendou – Bárbara. Mulherzinha esquisita. Ficou me olhando de um jeito... Acho que ela me confundiu com sapatão! Eu lá pareço sapatão?!
Comments: 10

Conto epistolar (?)

Hellen, meu amor americano,
pela enésima vez revi *E la nave va*. Não consigo acreditar que você ainda não tenha visto. Sei que vai dizer que não gosta de filmes com legenda, mas pare com essa bobagem. Você precisa ver!!!
No mais, muitas saudades :)
Bjs,
Amanda.

My love,
que posso dizer para você? Eu verei esse *E la nave va* quantas vezes você quiser.
I miss you very, very much :)
Love,
H.

Hellen,
hoje o rádio-relógio despertou com aquela música do Everything But The Girl do nosso primeiro beijo (lembra?). E daí que tive de continuar na cama até me refazer um pouco da falta que sinto de você. Venha logo para a gente se ver!!!
Te amo,
Amanda.

Baby,

eu estou tentando ir para o Brasil nesse feriado de primeiro de maio [do dia da independência]. Sinto falta de você também. Como está você? Eu espero que você não esqueceu de mim ainda. Eu amo você tanto!!! :)

Yours,

H.

Minha gata,

minha cara-metade: com você longe assim de mim fico me sentindo dividida. E o curso? Está gostando? Não deixe de me escrever :)

Sua,

Amanda.

My dearest,

eu disse para você: eu estou indo no feriado. Eu estou fazendo aulas só dois dias na semana. Adoro o curso!!! Você relembra quando eu disse para você que eu não acreditava em destino? Eu começo a pensar que acredito. E meu acaso é você :)

Love,

H.

Hellen,

QUERO TE VER!!! Só ficar trocando e-mails não adianta. Morro de tristeza sem você. Não dá para continuar mentindo (inclusive para mim mesma) que a distância não importa. Tem importância, sim. Me enganava achando que se eu não falasse não teria maiores problemas. Se eu não dissesse "amar é para ser de perto" não haveria possibilidade de isso ser verdade. Mas falei – e em voz alta. Você não volta nunca... Nunca mais senti seu cheiro...

Espero sua resposta.

Amanda.

My love,

EU QUERO VER VOCÊ TAMBÉM!!! Eu estou trabalhando meio-tempo para fazer dinheiro e ir aí mais breve quanto possível. Você sabe disso: eu não tenho diversão sem você. NÃO DEIXA EU NÃO!!! Dentro em duas semanas eu estarei aí.

Eu amo você tanto, tanto!!! :)

H.

Sophie,

quero fazer com que sua estada no Brasil seja inesquecível!!! Vou te ligar amanhã e espero que você aceite meu convite para te mostrar a cidade. Também fiz um doce para você: quindim – não se assuste porque não é comida chinesa. É um doce feito com coco e é delicioso... Tenho uma amiga americana (que está nos Estados Unidos agora fazendo um MBA) que diz ser o melhor doce do mundo! Então... amanhã a gente se fala!

Muitos beijos no seu coração :),

Amanda.

Amanda,

eu sempre pensei que não importava quanto tempo eu estivesse aqui, você estaria esperando por mim. Desde que li sua mensagem eu estou sentindo mal. Eu não sei se você fez isso de propósito, mas eu estou pensando que agora eu estou só como todo mundo mais: eu sinto como sendo traída. Eu gosto de nós como um casal: você só morde uma vez a *cheese cake* e dá para mim o resto (coisas como isto...) Eu sinto as sombras de abandonada. Quando eu estava aí no Brasil, pela primeira vez em minha vida os aviões voavam acima da minha cabeça e eu não dava importância: eu estava onde eu queria estar, com a garota que eu amava. Você é nada comparada com a falta que eu sinto de você. Desde eu li sua mensagem para essa "Sophie" que eu estou tentando esquecer nossos melhores momentos juntas. Eu gostaria de saber o que você está pensando agora mesmo. Meu coração está quebrado (ele não bate mais). Eu estava pensando isso: eu gostaria de ser você. Eu gostaria de ter alguém que me amasse tão quanto eu amo você. Eu fico todo dia olhando para aquela fotografia que nós tiramos no aeroporto. Eu gostaria de ir para cama com você todo dia e acordar com você todo dia. Você magoou dentro do lugar que eu trago você: fundo dentro da minha alma.

Eu termino isso aqui com um beijo francês para você.

Hellen.

Meu amor,

o tempo que você estiver fora não importa: fico esperando você voltar. Foi tudo um grande mal-entendido: me enganei na hora de enviar o e-mail da Sophie e acabei mandando para você. Mas não era nada de mais – Sophie é aquela amiga francesa de que Amélie tanto falava. Além do mais, acabou que eu nem fui me encontrar com elas – se isso adianta alguma coisa... Não gostei de você ter dito que se sente traída, porque você sabe que eu nunca faria isso com você. Não paro de pensar em você um minuto sequer – hoje até passei do ponto de ônibus em que deveria descer... Nunca te abandonei e espero que você também não me abandone. Preciso de você, você sabe disso :) Aliás, quem me conhece um mínimo que seja sabe disso. Antes de te conhecer, confesso que brincava de esconde-esconde comigo mesma: pensava que me encontrava, deixava me perder, fingia que me achava de novo... Agora, até desejo me transformar num eco seu. É isso mesmo: estou me sentindo um lápis sem ponta longe assim de você. E saber o que estou pensando não traria vantagem nenhuma – *o que você está pensando agora mesmo*, como você escreveu. Você só veria tristeza espalhada por todos os lados, porque estou com medo de te perder. Não agüento mais tanto sofrimento: queria arranjar uma maneira de me tirar da tomada porque não paro de pensar que te magoei. E ainda por cima por causa de uma confusão boba. Nunca tive, não estou tendo nem quero ter nada com Sophie. E, se você a conhecesse, você é que iria gostar dela. Sabe aquela situação bizarra que a gente discutia – que nos casais homo o objeto de desejo dos dois é o mesmo? Pois é: ela faz o seu estilo (aquele para o qual eu nem ligo). Você é quem faz o meu estilo. Você é quem eu amo. Você é quem eu espero...

Beijo na sua boca,
Amanda.

Sophie,

você não me conhece – eu sou a americana amiga da Amanda. Ela disse para mim que você está aí no Brasil por alguns dias. Eu estou indo para o Rio amanhã de noite e eu espero que nos conheceremos uma a outra. Amanda disse para mim que você é uma pessoa muito especial. Então eu mal posso esperar para encontrar você. (Eu acho que o destino que colocou você dentro do meu caminho...).

À bientôt,
Hellen :)

Perfil do consumidor:
uma *lesbian chic*

Uma *lesbian chic* vai parecer ainda mais *lesbian chic*. À medida que ocupam postos em diferentes áreas de trabalho, cresce em proporções gigantescas a atenção sobre elas. A conquista ou não da simpatia da população determinará se entrarão para a história como teimosas que cismaram em usar salto alto, rímel e esmalte nas unhas bem cuidadas, ou como visionárias que souberam contornar as pressões dos homofóbicos e, sobretudo, deixaram seu charme falar, levando as sapas em geral ao auge.

Não lhes falta audácia. Do lugar mais esquisito onde já fez amor a *chic* preserva o nome do restaurante: "É melhor não falar o nome..." Ela considera "companheira" a palavra mais bonita da língua portuguesa, e "violência" a mais feia. No plano afetivo, é *très chic* ao apontar o que considera exemplo de mulher bonita – "a minha" –, mas quase quebra o salto quando diz um motivo de arrependimento: "Talvez eu devesse ter quebrado um pires quando terminei meu último relacionamento". Não quebrou. Levantou, sacudiu a poeira do tubinho preto e deu a volta por cima. Chiquérrima!!!

Perfume – Chanel nº 5.
Desodorante – "Qualquer um sem perfume."
Sabonete – Líquido.
Pasta de dente – Crest.
Roupa – *Tailleur.*
Chapéu – "Infelizmente, nunca usei."
Sapato – Italiano.

Roupas íntimas – Duloren.
Comida – Francesa.
Comida de que não gosta – Asa de galinha. "Odeio comer com as mãos."
Estilista preferido – Coco Chanel.
Cor preferida – Rosa-bebê.
Fruta – Cereja.
Bebida – Champanhe.
Esporte – Vôlei.
Religião – Católica.
Sonho de consumo – Uma BMW.
Hobby – Pintura em porcelana.
Animal doméstico – Gato.
Animal selvagem – Pantera.
Livro – *A teus pés*, de Ana Cristina César.
Escritor(a) – Ana Cristina César.
Filme – *As horas.*
Diretor – Almodóvar.
Cantor – Caetano Veloso.
Cantora – Adriana Calcanhotto.
Show – "Qualquer um deles."
Ator – Ian McKellen.
Atriz – Meryl Streep.
Signo – Sagitário.
Qualidade – Romantismo.
Defeito – "Sou tão ingênua que acredito em tudo que me dizem, mesmo quando sei que estão mentindo" (risos).
Motivo de orgulho – Nunca ter tido uma xícara quebrada em fim de relacionamento.
Motivo de arrependimento – "Por outro lado, no último talvez eu devesse ter quebrado pelo menos um pires."
Fobia – Barata.
Tara – *Lingerie.*
Lugar mais esquisito onde já fez amor – "No banheiro de um restaurante muito conceituado que é melhor não falar o nome..."
Barulho que faz na hora de fazer amor – Gemidos.
Homem inteligente – Caio Fernando Abreu.

Mulher inteligente – Virginia Woolf.

Homem bonito – Keanu Reeves.

Mulher bonita – "A minha."

Símbolo sexual – Jodie Foster.

Mito – Safo.

Superstição – Gato preto.

Palavra mais bonita da língua portuguesa – Companheira.

Palavra mais feia – Violência.

O que gostaria de fazer antes de morrer – "Casar de papel passado com meu amor."

Quem levaria para uma ilha deserta – Ela e minha *personal stylist*.

Quem deixaria lá para sempre – Os homofóbicos.

Frase – "*Hay que endurecer pero sin perder la ternura jamás*" (Ernesto "Che" Guevara).

Perfil do consumidor:
uma caminhoneira

A lésbica mais identificável vai ficar mais visível ainda. À medida que as discussões acerca da homossexualidade se disseminam, cresce em proporções gigantescas a atenção sobre elas. A conquista ou não do seu espaço na sociedade determinará se entrarão para a história como aquelas mulheres que não usam batom, gostam de cabelos curtos e motocicletas, ou como visionárias que souberam contornar as pressões até mesmo dentro da comunidade GLBT e, sobretudo, deixaram a *vontade-de-ser-o-que-é* aflorar, levando as caminhoneiras à liberdade de expressão.

Não lhes falta coragem. Como qualidade, a *butch* ressalta justamente isso: "Tenho coragem para agir". Ela considera "mulher" a palavra mais bonita da língua portuguesa, e "frescura" a mais feia. No plano afetivo, chega a ser doce quando aponta o que considera exemplo de mulher bonita – "A minha, que é perfeita até quando erra" –, mas vira uma fera quando descreve o barulho que faz na hora do amor: "Rugidos". Isso é que é tração nas quatro rodas, não é não?

Perfume – Le Male.
Desodorante – Axe.
Sabonete – "Líquido, porque é o que minha mulher compra."
Pasta de dente – "Qualquer uma."
Roupa – Hugo Boss.
Chapéu – Boné.
Sapato – Botas Zebu.
Roupas íntimas – Samba-canção.

Comida – Churrasco.

Comida de que não gosta – Japonesa. "Não suporto aqueles pauzinhos..." (risos).

Estilista preferido – "Não tenho um preferido."

Cor preferida – Azul-marinho.

Fruta – Cereja.

Bebida – "Chopinho."

Esporte – Futebol.

Religião – Católica.

Sonho de consumo – "Uma S-10 cabine dupla."

Hobby – Jogar porrinha.

Animal doméstico – Canário.

Animal selvagem – Leão.

Livro – *Guia 4 rodas.*

Escritor(a) – Cassandra Rios.

Filme – *Meninos não choram.*

Diretor – Almodóvar.

Cantor – K. D. Lang.

Cantora – K. D. Lang.

Show – Cássia Eller (Acústico).

Ator – "Gosto do rostinho do Leonardo DiCaprio."

Atriz – "A gostosa da Angelina Jolie."

Signo – Leão.

Qualidade – "Tenho coragem para agir."

Defeito – "Tudo tem um limite, e o meu é muito pequeno. Raiva, revolta e cólera são coisas que me vêm muito rápido."

Motivo de orgulho – "Não deixar que a desaprovação que sentem por mim se transforme em angústia."

Motivo de arrependimento – "Quer ver eu ficar puta é me lembrar de como deixei me transformarem numa vilã."

Fobia – "Não tenho."

Tara – Sapato de salto alto.

Lugar mais esquisito onde já fez amor – "Na caçamba de um caminhão."

Barulho que faz na hora de fazer amor – Rugidos.

Homem inteligente – Galvão Bueno.

Mulher inteligente – "A minha."

Homem bonito – "Gosto do rostinho do Boy George."
Mulher bonita – "A minha, que é perfeita até quando erra."
Símbolo sexual – "A gostosa da Sharon Stone."
Mito – Madonna.
Superstição – "Dar três porradas na madeira."
Palavra mais bonita da língua portuguesa – Mulher.
Palavra mais feia – Frescura.
O que gostaria de fazer antes de morrer – Pilotar um Fórmula 1.
Quem levaria para uma ilha deserta – "Minha esposa."
Quem deixaria lá para sempre – Os cartolas do futebol brasileiro.
Frase – "Minha outra moto é uma Harley-Davidson."

Maria Sapatão

Maria Sapatão estava com o pressentimento de que algo ruim ia acontecer. Vinha à sua cabeça a imagem de alguém a atirando ao chão, pressionando seu rosto contra o cimentado. Via sua própria expressão aterrorizada e sentia o cano da arma na têmpora. Mas esquecia dessa história com um dar de ombros: era inconcebível. Só não conseguia impedir a lembrança de uma amiga dizendo que o preconceito das pessoas dependia da atitude dela: os outros torceriam o nariz para o fato de ela ser sapata dependendo do modo como ela mesma agisse.

Sapatão era flamenguista e foi ver seu time ser campeão. Estava tão feliz que se a vida fosse uma piscina nem ia pular de cabeça – ia cair de barriga, de qualquer jeito. Teve vontade de se jogar dali da arquibancada para o meio do campo do Maracanã.

Sapatão não tinha medo de violência, mas o tempo fechou: a torcida do Flamengo e a do Fluminense tomavam lá e davam cá. Um tricolor gritou que no Fla só tinha bicha e sapa. Um rubro-negro respondeu que no seu time não tinha disso, não. Os do Flu riram apontando a Sapatão.

De dia Maria já tinha aturado um sujeito na rua que ficou rindo da cara dela e perguntando se ela era virgem ou mal comida. O indivíduo acrescentou que se ela fosse virgem (colocando a mão na carteira) eles dois podiam fazer negócio. Lembrando disso, Sapatão declarou para o pessoal do Nense que antes de ela ser Maria Sapatão ela era muito mulher.

"**É Maria**, é mulherzinha!", eles debocharam. Sapatão quis engrossar porque era gozação de gente do Mengo junto com do Fluminense, que pareciam zombar em uníssono: "Endurecer é para pau. Cadê o seu?" Porque era a Maria Sapatão, se acharam no direito de agredir, de bater. Ela apanhava de qualquer jeito, atirada ao chão, seu rosto sendo pressionado contra o cimento da arquibancada. Sentia medo e o cano da arma na têmpora. Viu um torcedor do Flu dissuadindo o flamenguista – para não matar, que apesar de sapatão dar raiva e vontade de apagar sempre que se vê uma, ir em cana por causa de uma mulher daquelas era dar mole. Disse para não matar, para só deixar a Maria Sapatão morrendo de medo, enquanto eles riam. O flamenguista avisou que ela estava em seu poder, que ela ia parar de fazer coisas de que ele e Deus duvidavam, e que Sapatão só serve para desprezo. Maria tentava gritar "Eles querem me matar. Eles querem me matar", mas ela era a bola que fez o Flamengo campeão: chuta, passa, cruza, lança, dribla, mata no peito, e é gol. O tiro não deixou para amanhã – foi na hora.

De noite o corpo ainda estava ali numa maca, no meio do campo do Maracanã, frágil. Os torcedores não seriam liberados até que o criminoso fosse encontrado. Fla e Flu não gostaram da idéia: criminoso ninguém era, se a Sapatão morreu foi aos olhos de Deus, menos uma, vai dizer que não?

"É João", uma voz mais querendo ir embora do que fazer justiça denunciou. Ao que João se defendeu: "Disparou". "Claro que disparou. Você apertou o gatilho, aí disparou", um fez piada, e Mengo e Nense riram juntos. O delegado deliberou que era inconcebível liberar João, mas ele também era flamenguista e daí que estava de bom humor. Não concordava com a escalação do técnico (a defesa estava uma gracinha), e a única coisa que queria fazer no momento era prender aquele juiz ladrão.

A Mulher Maravilha

– Quero sair de Super-Homem!

Isso foi o que a Menina disse para a Mãe num dia de julho, nem sinal de carnaval. A Mãe de senso prático logo a vestiu como pedia. Pensava que, teoricamente, preferível era não contrariar a Menina, e que chegando amanhã o desajuizamento seria consertado por uma Psicóloga.

Amanhã chegou com a Mãe falando para a filha sobre a moça que elas iriam conhecer. Como a Psicóloga ouve tudo que a gente diz, explicou a Mãe, ia ser muito bom. A Menina disse que não falava com estranhos, portanto não havia possibilidade de ela ir, e ela sabia que era mesmo teimosa:

– Sou teimosa, sei que sou teimosa, nem adianta dizer que não sou.

Nesse mesmo instante, a Mãe lembrava de quando a Menina tinha nascido. Então lhe ocorreu o acontecimento do que tinha sido ontem: a filha querendo porque querendo ir à rua vestida de Super-Homem. Resolveu insistir um pouco mais:

– Conversando com a Psicóloga já seria meio caminho andado.

Ao que a Menina indagou:

– Para onde?

As bases da Mãe só faziam tremer. Dizia de si para si não haver maiores problemas na preferência pelo Super-Homem em vez da Mulher Maravilha – que, aliás, estava totalmente *out*. E se as Meninas Superpoderosas eram *in*... Não adiantava, nem era nada de mais: a filha ia usar capa e mangas compridas num dia de inverno.

Semana seguinte, a Menina exigiu de novo e, de novo, a Mãe assim a compôs. Decidiu agir desse modo e que o acaso se arranjasse do resto. Para a Mãe comprar cigarros, entraram num botequim. O dono era um filósofo que se pôs a repetir:

— Como dizia meu velho pai, esse mundo está perdido: homem se veste de mulher, mulher se veste de homem. E a família, que deveria ser a guardiã da moral e dos bons costumes, ainda incentiva.

Foi com paciência que a Mãe ouviu, esperando que ele acabasse. A Menina sentia a mão sendo apertada pela Mãe, que pensava em voz alta:

— Minha falecida avó fazia questão de lembrar aos netos: se as coisas estão mudadas, a gente tem que se virar.

Virou-se e saiu dali de mãos dadas com a filha. Afrouxou um pouco o passo quando se lembrou do tamanho da cidade em que viviam, boa para ecoar comentários do tipo: "A Menina, filha de Fulano de Tal, não sei não... " Também se viu triste por, na verdade, não ter conhecido nenhum dos seus avós. E finalmente voltou os olhos para a filha: frustração estava ajudando nessa tristeza? Perguntou o porquê de ela querer se vestir daquela maneira. Passando a mãozinha pelo *S* que lhe cobria o peito, a Menina respondeu que se sentia melhor assim. Foi quando a Mãe percebeu que a filha era uma pessoa diferente dela. Se fossem a mesma... não seria o ideal? Teve vontade de ser duas, mãe e filha ao mesmo tempo. E de proteger a Menina das outras pessoas, ruins que só. Porque são elas que se levam às Psicólogas: esposas que traem o marido, solitários com medo da solidão, amantes exigindo fidelidade. A Menina já tinha percebido tudo isso, já que comentou:

— Quero morar numa estação espacial.

A Mãe sentiu um medo enorme de abandono. Mesmo assim perguntou se a Menina gostava de se vestir com roupas de menino.

— Você já não sabe a resposta? Para que pergunta?

A Mãe se encolerizou:

— Mas você não vê que isso é ridículo?

Assustada, a Menina protestou:

— Me deixa ser ridícula em paz.

Forjando calma, a Mãe tentou explicar:

– Você não pode ser menina e menino ao mesmo tempo. Além disso, nem sempre a gente deve falar certas coisas. É importante que você nunca se esqueça: às vezes é preciso mentir.

A Menina ficou ofendidíssima:

– Eu não minto.

A Mãe deitou os olhos sobre a filha – uma criaturinha tão pequena trazendo uma enorme capa vermelha orgulhosamente às costas:

– Como você é infantil...

A Menina sorriu, muito satisfeita com essa nova reputação. Deixara de fazer o mundo se perder, como o filósofo do botequim disse e repetiu. Por instantes ficou paralisada de assombro ao vislumbrar tudo que o mundo nunca tinha sido.

Muitas vezes depois de ter sucumbido ao pedido da Menina para se vestir com a roupa do tal herói, num dia de fevereiro, a Mãe resolveu que teriam uma conversinha:

– Você não é o Super-Homem. Isso é uma fantasia.

A Menina fixou um ar de "por que não?", mas a Mãe prosseguiu com seu "e daí que...".

– Você tem que viver sua vida. Sentir e pensar como a menina que você é. Porque você é você, minha filha. E isso é muito bom.

A Menina percebeu que os olhos da Mãe estavam generosamente construindo lágrimas. Talvez porque estivesse aliviada ao se dar conta de que não havia erro: se as imagens pareciam borradas, podiam existir borradas assim mesmo – e era bom. Além do mais, seriam felizes. Após desatado o nó na garganta, passado o cheiro de mofo dos armários, enfim chegado o futuro, seriam – normalmente – felizes.

Faz duas semanas que meu amor

Faz duas semanas que meu amor
não pensa mais em mim.
Eu ainda penso nela
vinte e quatro horas por dia.
Estatisticamente, em média, seriam doze horas de ela
pensando em mim; doze horas de eu
pensando nela.

Por que é que o mundo não é
pura matemática?

A mão presa na porta

— E que fim levou aaa... ? — Sílvia tenta se lembrar do nome dela. — Como era mesmo o nome dela?

Adoro quando me perguntam "Como era mesmo o nome dela?" Sílvia não se lembra mais do nome dela, da voz dela. Tento prestar atenção na voz de Sílvia, minha "amiga hétero", que prontamente mudou de assunto e está dizendo:

— É muito mais fácil mostrar a bunda do que a cara.

Sílvia tem dessas teorias, é cheia delas. Um dia me garantiu que o amor tem algo de destrutivo, de querer mal ao outro. Me confessou que passava horas se imaginando com um homem maravilhoso, charmoso, jantando (por uma feliz coincidência) no mesmo restaurante que seu ex-namorado. Sílvia assegurava ser essa uma atitude universal: tanto finlandeses quanto ianomâmis teriam esse mesmo desejo. Eu a desmenti, talvez finlandeses e ianomâmis tivessem mesmo essa vontade, mas eu não tinha. Indignada, Sílvia disse que eu era ainda pior. Me enquadrou numa categoria de gente que nega ter esse tipo de desejo para que os sinceros como ela sintam culpa ao confessar essa fraqueza. Hoje em dia — mas não por causa disso —, costumamos nos encontrar mais ao acaso do que por encontro marcado. Como nesse momento, nessa fatalidade. Arrisco:

— Você está bonita.

E ela devolve:

— "Melhorando sempre para melhor servir".

No mesmo instante pára, porque essa frase boba instaura uma atmosfera de ameaça de que surja o nome da pessoa de quem ela já se esqueceu. Tento olhar a hora no relógio de pulso de Sílvia, mas ela gesticula muito, ao mesmo tempo alegre e melancólica, olhando para mim e dizendo:

— Lembra que quando a gente era criança a gente vivia prendendo a mão na porta? Nossos pais e avós ficavam gritando: "Cuidado, não vá prender a mão na porta!"

Isso é a cara da Sílvia: ter saudade de sair por aí prendendo a mão na porta. Cada um com sua mania — eu tenho me agarrado a papéis. Semana passada mesmo comprei um pacote de papel sulfite, cento e oitenta folhas: abri e contei, uma a uma. Sílvia se prende às portas, eu me prendo aos papéis. Nesse encontro imprevisto na rua, nós duas mais nossos fantasmas, Sílvia tenta me intimidar, ela que conhece minhas assombrações:

— Você nunca mais falou com ela?

— Não.

— Vocês brigaram assim de não se falar mais?

E daí que não tinha mais o que falar. Ou melhor: ela não tinha mais o que me dizer e eu só repetia que a amava. Logo depois que ela me deixou liguei com a desculpa de que devia a ela nosso último mês de aluguel. Ela agradeceu, disse que não precisava, que já tinha acertado com o senhorio, e ficou nisso, a gente não se falou mais. Sílvia está às gargalhadas:

— Nunca mais eu vou a festa de cerveja, vinho. Tem duas mil mulheres para um homem, e esse homem está bêbado.

Sílvia sempre teve medo de sofrimento e de solidão, embora trate disso de forma casual. Uma vez transou com dois homens ao mesmo tempo porque, apavorada com a possibilidade de ficar sozinha em casa sábado à noite, marcou com dois caras para garantir — e eles foram... Ela é professora de história e fala alto:

— Quarenta demônios que não gostam de história — diz para mim enquanto segura a fotografia dos seus alunos da sexta série: ela está de pé, no meio dos capetas, no inferno.

Pego a foto e me lembro de que aquela que não ouso dizer o nome é fotógrafa. Sabe o que isso significa? Que ela é íntima da escuridão, que ela sabe se portar sem luz. Ela é fotógrafa, não gosta de andar de avião... Eu a conheci numa festa. Ela veio com aquela clássica "Que horas são?" e respondi que era cedo demais para ela ir embora. Bebemos o resto da noite enquanto escrevíamos doces palavras nos copos suados. Depois a casa dela: uma luz vermelha e nós duas. No escuro, ela sabia de tudo. Eu, transando com uma mulher pela primeira vez, me deixava revelar. Na manhã seguinte, ela se virou para mim e perguntou se íamos ficar juntas para sempre. Afirmei que o amor sempre acaba. Ela ficou quieta por um tempo imaginando um acidente em que uma de nós se fosse antes de o amor acabar, mas para não ficar trágico demais perguntou o que eu fazia. Inventei um negócio de chuveiros. Ela sorriu enquanto olhava dentro dos meus olhos e, complacente com a minha mentirinha, me beijou na boca. No meu ouvido, sussurrou que eu era o problema de que ela precisava: por mais que colocasse no inverno, seu chuveiro não esquentava de jeito nenhum. Complacente com a mentirinha dela, tomamos um longo banho quente. Um mês e dividíamos as contas de água, luz, telefone... Ela chamava minha mãe de "Sogrinha", minha avó de "Vó Nilda" e minha tia Hilda de "Tia Hilda". A vida estava tão boa que nem parecia que existia dor. Até o dia em que ela chegou exausta em casa e descobriu um caminho ordenado, reto, organizado, de formigas na pia da cozinha, que precisava ter um fim.

— Eu já quis para mim uma orquestra sinfônica, mas agora eu queria alguém mais para um quarteto de cordas – é Sílvia reclamando do amor.

Passei a achar o apartamento pequeno demais. Quando a gente é só, um *loft* é *cool*. Quando a gente é dois, portas são bem-vindas, divisórias são necessárias, quanto mais espaço, melhor. Comecei a precisar de mais fechaduras, de mais cantos só para mim – precisávamos de um quarto só para as formigas.

— Até os atores do meu filme pornô seriam brochas – de novo, Sílvia está às gargalhadas. – Cheguei à conclusão de que o amor da minha vida vive atrás de mim. Espero que ele me encontre logo, porque me acostumei a só dormir de meia soquete. Um friozinho nos pés...

Sílvia ri alto. De repente pára e diz que pareço muito bem (ainda que não esteja de fato), que pareço levando tudo muito bem. Isso me irrita porque sei que estou levando tudo muito bem. As formigas, que já foram monstros gigantescos um dia, perderam o rumo e desapareceram. Tomaram proporções inimagináveis quando a fotógrafa, entre um gole e outro de café preto e forte, afirmou que as únicas coisas verdadeiras em mim eram meus olhos mentirosos. Mandei, baixinho, que ela fosse à merda. Ela arregalou os enormes olhos azuis: "Você me mandou ir à merda?" Me defendi: não tinha mandado, tinha sugerido. Então foi ela quem me mandou ir à merda me chamando de inútil, de pessoa despretensiosa por demais. Até Sílvia, minha amiga hétero professora de história, era mais ambiciosa do que eu. Tento ouvir o que Sílvia está dizendo:

– Na hora de fazer um currículo, nem adianta colocar que tem cursos e mais cursos. Você vai se dar melhor se disser que quando tinha 10 anos de idade foi à Disney sem os pais. Eles querem que você mostre que tem audácia, determinação, ousadia.

Nunca fui à Disney, nem quero. Estou muito bem aqui, longe do Mickey, do Pato Donald, da Fotógrafa Aloprada. Se eu me atrasasse quarenta minutos parecia que o mundo estava acabando: "Já xinguei até sua quinta geração: sua mãe, Vó Nilda, Tia Hilda..." Ela ficava indignada por eu não fazer nada e, ainda assim, chegar atrasada. Gritava que ainda que minha família tivesse dinheiro eu deveria trabalhar. Experiência de vida. Que fosse para os Estados Unidos lavar banheiro de americano, como ela fez. Perguntei se as privadas que ela lavou tinham feito com que amadurecesse, porque não dava para perceber. Ela começou a chorar e, para consolá-la, coloquei a mão na sua testa. Ela se desvencilhou com um gesto rápido, passando os dedos onde eu tinha tocado, conferindo, como quem procura por alguma coisa nojenta. Assegurei a ela que minha mão estava limpa. Ela parecia um patinho indefeso me dizendo que sentia sangrar a testa, o peito, o corpo todo. Mandei que deixasse de besteira, não tinha sangue em lugar nenhum. No dia seguinte foi seu aniversário: oito do nove. Multipliquei e resolvi que escreveria "Te amo" setenta e duas vezes. Acabou me dando preguiça e escrevi só uma, apesar de que com a força de setenta e duas, de rasgar o papel. Para acompanhar comprei bombons: cinco-Serenatas-um-real, cinco-Serenatas-um-real. Ela disse que eu não era romântica. Discordei, eu era: "Por mais que a gente faça, nunca está bom". Reconheço que fica difícil mesmo ser romântica depois que a gente pega o jeito do cinismo, mas...

– Brasileiro bom é brasileiro que se deu bem fora do Brasil – volto a prestar atenção na minha amiga ambiciosa. – Liberdade de ir e vir depende de dinheiro no bolso. A quilometragem que você vai rodar precisa de gasolina no tanque. Amor à camisa já era. Eu até queria ser intelectual, mas montada na grana. Rico fede é a queijo *camembert.*

Estou levando tudo muito bem, obrigada. Claro que não dá para esquecer o dia em que ela chegou em casa me contando que ia embora. Eu ri, tinha certeza de que ela não iria – disse a ela que a conhecia. Não tinha me dado conta de que ela não parecia mais um patinho indefeso, de que ela não estava mais acuada, de que eu nunca mais tinha prestado atenção nela. Mas estou levando tudo muito bem. Medo de escuro tenho vez ou outra e passa. Estou muito bem, isso é só um mal-estarzinho, uma insatisfaçãozinha comigo mesma que tenho vez ou outra e passa. Quando ela já estava à porta, malas na mão, disse a ela que podia me deixar, mas que não me deixasse assim e chorando, porque eu não conseguia parar de chorar. Ela não deu nenhum valor às minhas lágrimas. Teve coragem de me deixar naquele estado. Disse que tinha me dado a lua e eu não tinha sequer agradecido e que, agora, ela não queria ouvir mais nada do que eu tinha a dizer. E o que eu queria dizer é que estava tudo vazio, que era cedo demais para ela ir embora – só que a voz também estava oca. Mas, enfim, estou muito bem. Esqueci, praticamente esqueci.

– Heloísa – interrompo Sílvia na sua gargalhagem e repito: – O nome dela é Heloísa.

Do nosso lar

Cássia contaria de outra forma, mas vou começar assim: nos conhecemos no parquinho da praça. Um belo dia, meu filho, Júnior, o maior beijoqueiro da face da Terra (puxou à mãe), deu um beijo na Cássia do nada. Entre envergonhada e curiosa por aquela mulher recatada que levava todos os dias seu filho engomadinho para brincar pontualmente às três horas da tarde, me aproximei de Cássia e de seu filho, também Júnior. Talvez minha curiosidade por ela fosse porque parecia viver para cumprir uma missão, e eu não conseguiria viver para cumprir uma missão. Nunca entendi a necessidade que algumas pessoas têm de inventar compromisso onde não existe. Não seria melhor viver pelo simples prazer de viver? Cássia parecia cumprir uma missão levando seu filho Júnior para brincar. Eu levava meu Júnior porque ele gostava tanto de ir que sua alegria chegava a mim. Dar um irmão ao Júnior era o máximo que concebia como um encargo a cumprir até então. Mas naquele dia resolvi que, além de arrumar um irmão para o Júnior, teria o dever de passar minhas tardes conversando com Cássia, numa espécie de alter-ajuda. E se o melhor assunto para abordar alguém é sexo...

Quando Ricardo não passava a noite comigo em casa, eu me divertia entrando em salas de bate-papo. Logo na primeira vez em que teclei, "Tom" me perguntou, privadamente, se eu queria que ele me tocasse. Deixei que ele fizesse o que queria comigo, assim como deixei de falar a verdade: antes meu *nick* era "1,54m" e depois passou a ser "Felina". Tentei convencer Cássia a entrar na internet, mas ela não topou. Esqueci de dizer que ela é bastante pessimista, a Cássia. O lado negativo é o único que ela vê. Olha para um telefone público e pensa que nem adianta ter a sorte de encontrar um desses que esteja ligando sem precisar de cartão porque ela não conhece ninguém para aproveitar e ligar para o exterior, por exemplo. Mas até que descobrimos uma coisa em comum: transávamos sem camisinha com nossos respectivos. Nem Ricardo nem o marido dela queriam usar, então a gente fingia que não se preocupava com aids. Pode ter sido essa cumplicidade que me instigou a me aproximar ainda mais da Cássia. Lembro que nessa noite fiquei sozinha pensando nela, que não deveria estar nem sozinha e muito menos pensando em mim.

Como sempre, no dia seguinte nos encontramos no parquinho da praça. Queria que os cabelos de Cássia, presos num coque, se soltassem; queria que ela se soltasse. Descrevi um corte de cabelo que acho lindo olhando para o dela, como vasculhando indícios de algum detalhe que batesse com essa descrição. Segunda-feira seguinte Cássia me aparece de cabelos soltos, cortados, maravilhosos. Naquela hora não entendi o rebuliço que me deu quando inventei uma conversa em que Ricardo teria sugerido que experimentássemos fazer um *ménage à trois*. Cássia me perguntou que diabo era isso. Depois que expliquei, limitou-se a dizer, muito tímida, que mal dava conta de uma pessoa, que dirá de duas. Meu desânimo voltou. Tive vontade de ofender Cássia: do lar que vive para o maridinho e o filhinho mauricinho dela. Eu também era dona-de-casa, mas entre aspas. Ricardo não era meu marido, e o amarrotado caía muito bem em Júnior. Mas a verdade é que eu queria conversar com Cássia, ser sua amiga de infância, grudar nela feito carrapato para toda a eternidade – mesmo depois que ela, conversando comigo sobre religião, afirmou que não queria encontrar com ninguém depois de morta (!) Que alguém pudesse se libertar é coisa em que Cássia não acreditava. Dizia que era jogada de *marketing* de alguma empresa multinacional, ou quem sabe da própria Liberdade. Foi mais ou menos nessa época que me dei conta de que pôr freio nos meus olhos era atitude da qual não era mais capaz. Cheguei a pensar que sentia ciúmes do marido dela, mas logo percebi que não. Aliás, gostava dele porque ele a prendia. Sentia ciúmes do mundo inteiro, menos do marido dela. Sonhava em me mudar com Cássia para uma cidadezinha pequena, dessas que numa mesma placa saúdam com "Bem-vindo a" e se despedem desejando "Boa viagem".

Ricardo era um que eu não agüentava mais. Ele falava cinco línguas e eu não queria falar com ele nem o português. Enquanto ele monologava, eu ficava relembrando quando os entardeceres com Cássia sombreavam minha mão nas coxas dela – e eu querendo tanto ser a sombra da minha mão nas coxas dela. Ricardo ouvia Frank Sinatra sem perceber que tudo me remetia a Cássia. Um seqüestro de avião ao vivo na TV me animou a seqüestrá-la. Lembrei-me das aulas de Direito Penal do curso abandonado de Direito: seqüestro ou rapto? Porque no rapto você dá um sumiço na pessoa com fins libidinosos... Mas não fiz nada disso – o que fiz foi presentear Cássia com uma blusa que Ricardo tinha me dado. Fiquei fula quando ela começou a recusar dizendo que não podia. No máximo pegaria emprestado. Vê lá se eu ia ser amiguinha que empresta roupa para Cássia – apesar de que ela não fazia o tipo que devolve a roupa fedendo a cigarro dentro de uma sacola de plástico. Vendo quanto fiquei chateada, Cássia acabou aceitando o presente.

Dia seguinte ela era só agradecimentos. O marido dela, também Ricardo, tinha adorado a blusa. Falou para ela que a cada dia que passava tinha mais certeza de que tinham nascido um para o outro porque tinham o mesmo gosto. Ficou tão feliz que cantou para ela *Strangers in the night* nas cinco línguas que falava. Desconfiada, perguntei pelo sobrenome do Ricardo dela e senti meu peito esquentar como se fosse explodir. Sempre soube que eu era "a outra", mas que Cássia... Olhei para o Júnior dela e ele era a cara do Júnior meu. Todos parecíamos com Ricardo e eu o odiava: era ele quem dormia com Cássia, quem conhecia o corpo de Cássia, a cama dele era também a cama de Cássia.

Voltei para casa resolvida a desaparecer por uns tempos até que tudo se assentasse. Marcaria no rodapé um centímetro de poeira. Passando esse tempo, estava certa de que a poeira ia baixar. E esperei? Dia seguinte demorei, enrolei, até que por fim declarei a Cássia que estava completamente apaixonada por ela, que eu não conseguia parar de olhar para ela mesmo quando ela não estava na minha frente, que eu queria que *mi casa* fosse de verdade *su casa*, e quando parei por falta de fôlego ela interrompeu o silêncio dizendo que achava que me amava também. Disse que pensava em mim mesmo quando não queria pensar em nada, que acariciava aquela blusa para se sentir mais perto de mim porque a vontade dela era ficar comigo o tempo todo, e que estava muito confusa porque tudo isso de eu ser uma mulher era muito novo para ela. (Nesse ponto tentei mostrar que nem tudo que é novo é novidade: aquele papo de Grécia, ilha de Lesbos, coisa e tal. Ela me ouvia tão atentamente que pensei tê-la visto largando a pele de lagarta e vindo borboletear para cima de mim.) Cássia me olhava muito e eu já estava esquecendo do quanto ela era prática quando me informou que eu estava com um cílio um pouco abaixo do olho direito. Apontou no próprio rosto, "Está aqui", sem sentir intimidade para ela mesma pegar. Como eu não conseguia, ela tirou. Deixou na ponta do indicador e mandou que eu fizesse um pedido. Grudei meu dedo no dela feito carrapato e pedi para que a gente ficasse junto mesmo que não fosse numa cidade pequena, para que eu não conseguisse parar de olhar para ela porque ela sempre estaria na minha frente, para que ela se tornasse uma pessoa um pouco mais otimista e começasse a ver o lado positivo das coisas, e antes que eu pedisse mais um *para que* foi que eu vi o cílio no meu dedo e Cássia parada olhando para mim – sorrindo.

Gracias a la vida

Eu sou uma mulher normal. Perfeitamente normal. Uma porção de gente cruza comigo nas ruas todos os dias e ninguém começou a dizer desde então que fez contato com um extraterrestre. Sou assim. Uma mulher normal do tipo que se cruza todos os dias em qualquer esquina. E essa mulher perfeitamente normal aqui resolveu que vai começar a fazer análise hoje. Está marcado para as duas horas. Nunca vi minha psicanalista antes. Ninguém a indicou para mim. Conheci-a pelas páginas amarelas. Em "Psicanálise". Tem isso nas páginas amarelas. Liguei e marquei. Para hoje, às duas horas.

Às duas horas eu entro no consultório. Vejo o divã. Logo me imagino ali, deitada, tendo de falar sobre mim – isso mesmo, não tem volta, já entrei, vim aqui. Será que posso recitar alguma coisa? Sempre quando estou numa roda de amigos e chega a minha hora de falar eu recito alguma coisa. E aí a gente começa a falar do poeta (que, obviamente, não sou eu) e pronto. Mesmo sendo reconhecidamente egocêntrica, não consigo falar de mim. Penso em mim o tempo todo – só para mim. Será esse o cúmulo do egocentrismo? Bom, o fato é que eu vim até aqui, hoje, são duas horas da tarde, a essa analista que eu escolhi, digamos, pelo dedo, e estou nesse consultório que tem um divã no qual vou me deitar para falar de mim. (Olhando para o retrato do Sigmund que fica bem em frente.)

Me pergunto por onde vou começar a falar com essa mulher de uns 30 anos, elegante, que me estende a mão para um cumprimento. Ela sorri e faz um sinal para eu me sentar. Enquanto me acomodo, já vou dizendo que

– Não sei bem por onde começar.

Ela vai logo me tranqüilizando, dizendo que

– Isso é assim mesmo. Só o fato de ter vindo aqui já significa que você está procurando alguma coisa. E agora eu quero descobrir o quê.

Então é isso, não tem mais volta. E se eu mentisse? Ela nunca descobriria. E nem quer. E nem eu quero falar. Isso é problema meu, ela não tem nada a ver com isso – que pode ser tanta coisa. Como "isso" pode ser tanta coisa! Eu posso precisar de ajuda para... ou não, isso aqui é só uma ocupação, é para eu me ocupar nas tardes de segunda-feira. Mas o que eu digo é a verdade.

– É que eu tenho um probleminha. Quer dizer, na verdade isso não me incomoda, mas agora eu estou sentindo necessidade de falar a respeito, sabe?

Então essa mulher de uns 30 anos, elegante e bonita, me olha impassivelmente e me diz:

– Fale mais sobre isso.

Eu posso falar tanta coisa... Desde o clássico me separei do meu marido e fui mandada embora do emprego até a verdade.

– Ele é, como é que eu posso dizer... de ordem sexual. "A carne é triste depois da felação. / Depois do sessenta-e-nove a carne é triste. / É areia, o prazer? Não há mais nada / após esse tremor? Só esperar / outra convulsão, outro prazer / tão fundo na aparência mas tão raso / na eletricidade do minuto? / Já se dilui o orgasmo na lembrança / e gosma / escorre lentamente de tua vida."

Ela continua me olhando impassivelmente sem me dizer nada. Então eu falo que

– É do Drummond. Você não gosta do Drummond?

E essa mulher elegante, bonita e charmosa faz que não ouviu minha pergunta e me faz outra num tom maternal:

– Como isso te afeta? É a falta, o excesso... ?

Tanto pode ser a mulher milenarmente servil tendo a casa para esperar o príncipe encantado como pode ser a mulher moderna no mundo globalizado intimidando o homem assustadiço. E aí nosso rumo ia ser outro, mas o que eu digo é o que é.

– A quantidade é a considerada normal.

Ela me olha: e o probleminha é que...

– Só tem que... só tem que eu só consigo comigo mesma. Auto-erotismo. Masturbação. Só consigo gozar me masturbando.

Seus olhos amendoados, bem-feitos, se arregalam um pouco. Ela percebe que eu percebi e tenta recuperar a impassibilidade.

– Já tentou... ?

– Claro. Já tentei com homens de todos os tipos: altos, baixos, loiros, morenos. Nada, não consegui. Só quando me masturbo.

Suas sobrancelhas, que parecem desenhadas à mão, forçam um encontro no meio da testa. Ela me pergunta se tem

– Algum outro detalhe? Alguma outra coisa?

Só mais uma coisinha:

– Tem que ser ouvindo *Gracias a la vida*.

A caneta dela cai no chão.

– Alguma versão específica?

– Eu tenho com a Mercedes Sosa e com a Elis e funciona com as duas.

– Do mesmo jeito?

– É, do mesmo jeito. Geralmente eu tenho fases. Tem época que eu estou mais pra uma, tem época que eu estou mais pra outra.

Ela levanta elegantemente o seu corpo bem definido e certo. Vai até a escrivaninha e pega um copo. Ela sorri e pede:

– Desculpe por beber na minha hora de trabalho, mas é que não vai dar.

O que eu podia fazer? Não era outra coisa! A gente podia agora estar falando de traição, dinheiro, poder. O que eu podia fazer? Foi demais até para a analista.

Ela me oferece (mas eu não bebo). Ela bebe um gole. Ela me diz:

– Então nos encontramos.

Como "então"? Como "nos encontramos"? Ela quer me dizer que vai fazer de mim sua cobaia sexual para sua dissertação de mestrado? Ou ela quer me dizer que...

– Eu só consigo com *My funny valentine*.

– Com quem cantando?

– Já reparei que com a Dinah Shore funciona melhor do que com o dueto de Sinatra e Lorrie Morgan, e também do que as duas versões instrumentais: com Wynton Marsalis e Charlie Haden.

Ficamos sentadas lado a lado no divã, em silêncio. Parece que tenho tanta coisa para perguntar, mas a única que me vem à cabeça é se ela

— Já tentou com *Gracias a la vida?*

— Nunca. Já tentou com *My funny valentine?*

Também não. Prefiro espanhol. Ela segura o copo vazio enquanto olha para mim, imóvel. Percebo que ela olha para minhas mãos. Eu olho para as mãos dela. Ficamos assim até que a secretária bate à porta. Ela se desculpa por interromper, mas diz ter ficado preocupada se o relógio da doutora tinha parado, porque nós ultrapassamos quarenta minutos além da consulta e os próximos pacientes já estão esperando na ante-sala.

Eu me levanto e me desculpo. Ela diz que ela é que tem de me agradecer. Talvez então por ter me encontrado, talvez então por ter gostado das minhas mãos, ela me olha e me pergunta se eu não quero tentar com *My funny valentine.*

— Claro. Você não quer tentar com *Gracias a la vida?*

— Também quero. Posso pegar seu endereço com a secretária e passar na sua casa lá pelas oito?

— Pode, sim.

Ela, jovial e elegantemente, estende a mão para um cumprimento. Sorrimos e nos despedimos num até-logo cúmplice.

Sonhos

1

Minha mãe pergunta se encontraram alguma coisa melhor que brigadeiro. Penso em mulher, mas respondo que não. Depois de horas na internet, chego à conclusão de que nunca foi tão difícil arranjar uma boceta. Saio e conheço uma morena que não tem bunda – tem rabo! Pergunto por perguntar se a felicidade liberta ou se faz que a pessoa fique escrava dela. Ela não acredita em felicidade, diz que alguém rindo não significa que esteja feliz, como se essa guerra assistida pelo mundo inteiro com ameaça de utilização de armas químicas deixasse possibilidade para a felicidade existir. Concordo e acrescento que, quando a gente transa muito estranhamente, muito inteiramente, a gente começa a achar que a felicidade é isso. Acha que só existe essa química e que, portanto, ela é o que está certo. Até que chega alguém e mostra que dá para transar ainda mais extravagantemente. Digo que eu não sou esse alguém, mas que estou procurando por ele. Vamos para minha casa e passamos a noite inteira fodendo. Pergunto se chega. Ela responde que não, porque mulher é a melhor coisa do mundo... Peço para ela sussurrar indecências no meu ouvido. Entediada, suspira um "Ai, meu Deus..." Protesto a esse descaso, porque a boceta dela é como a de uma criança, perdida entre as pernas. Sinto que ela quer dizer algo, e ela realmente diz: "Mas o meu trabalho não é pornografia. É uma putaria artística!" Informa que o erotismo é explorado como um bem de consumo. Confesso que devaneio com esse desejo industrializado. Ela me acusa de falocêntrica. Me defendo alegando que Freud também era.

Tenho a sensação de que isso já aconteceu antes: ela arranca a boceta dela e encaixa na minha. Como nas outras vezes, reclamo que quero da maneira certa – por isso ela pega de volta, coloca no lugar, e então transamos. Seu rosto é expressionista. Expresso meu gosto pela pré-história: o excitado pegar o excitante pelos cabelos, sem chance de dizer não. Ela não gosta porque não teria graça. Explico que não quero rir. Por muito tempo permanecemos paradas como uma imagem congelada na televisão, embora pareça que não é ficcional, porque não é água que apaga nosso fogo nem é aplauso que esperamos no fim. Depois nos deixamos surpreender pelo pitoresco de cultuarmos o que não é considerado a norma. Peço que vire de costas porque são "costas genitais". Ela acha esse trocadilho muito óbvio. Eu acho que minha imaginação tem asas, apesar de temer o além do mais: não anseio por conhecer o infinito. Por fim, dormimos. Acordo tentando ver por detrás dos peitos dela, pregados na minha boca. No chão, uma das minhas mãos escreve um bilhete às pressas: "À noite volto para você". Lembro que sou lésbica e me pergunto se sou o "você" da minha mão enquanto a noite não chega. Além do mais, ouço aplausos.

2

A Lógica fica me perguntando se existe alguma coisa contrária à razão. Penso em poesia, mas respondo negativamente. Depois de horas inventando uma história, chego à conclusão de que, se as pessoas acreditam em Deus, podem acreditar nela. Saio e, na esquina da rua tal com a rua tal, conheço uma mulher que se diz um anjo que caiu do céu por minha causa. Pergunto por perguntar o signo dela. Ela não acredita em astrologia, diz que não é porque uma pessoa é taurina que é ciumenta, como se um sagitariano vendo sua namorada geminiana flertando com um aquariano não tivesse possibilidade de sentir ciúmes. Concordo e acrescento que quando a gente está muito inteiro num sistema, numa engrenagem, a gente começa a não ver nada além disso. Acha que só existe esse sistema e que, portanto, ele é o certo. Até que chega alguém e mostra que não. Digo que eu não sou esse alguém, mas que estou procurando por ele. Vamos para minha casa e passamos a noite inteira fazendo amor. Pergunto se Deus existe. Ela responde que não, mas alerta para eu não falar alto porque vai que Ele escuta... Sussurro uma indecência no seu ouvido: foi Deus quem a mandou aqui. Irônica, lembra que "O diabo tem mil disfarces..." Protesto a essa heresia porque o sexo dela é meu paraíso que estava perdido no meio da cidade grande. Sinto que ela quer dizer algo e a incentivo com um: "Pode falar!" Diz que saboreia a brisa galáctica. Confesso que devaneio com um alguém perfeito. Ela me acusa de nada saber. Me defendo alegando que Sócrates também não sabia. Tenho a sensação de que isso já aconteceu antes: apesar de o amor não existir, ela me faz pensar que posso senti-lo. Suas costas têm asas. Expresso meu desgosto com a falta de sentido do fim do mundo: nós morrermos, encerra-se um círculo; mas o mundo ter fim, sem chance de se encaixar. Ela discorda porque a morte não tem graça. Sorrio. Por muito tempo permanecemos questionando como se estivéssemos num programa da televisão educativa, embora pareça ficção, o porquê da necessidade de vida da natureza e sobre o quanto podemos saber. Depois, nos deixamos surpreender pelo acaso de termos nos encontrado numa esquina tal. Peço que não se esqueça de mim porque tenho "consciência do tempo". Ela subverte a obviedade do mundo. Eu não dou asas à minha imaginação nem tenho aquele medo ancestral do além: anseio por conhecer o infinito. Por fim, dormimos. Acordo tentando não espirrar em meio às penas de asas brancas espalhadas pela cama vazia. Na sala, uma harpa sustenta um bilhete entre as cordas: "À noite volto para tocar para você". Lembro que sou lésbica e me pergunto sobre o sexo dos anjos enquanto a noite não chega. Além do mais, acho que de alguma coisa já sei.

Para Verlaine e Platão

Quando estamos juntas somos duas.
Quando estou sozinha sou só meia.

Ablação

Me apaixonei nas aulas de lógica que ninguém nem tem idéia. Passei a acreditar que todo amor era imortal. Que eu era o amor. Logo, que eu era imortal. Isso era o que pensava enquanto ainda tinha saúde nas bochechas rosadas que com o tempo foram perdendo a cor.

Falar a gente não se falava. Tudo que eu fazia era deixar meus olhos o tempo todo com ela a perder de vista, e fui me arruinando assim: no dia em que veio de *short* foi bater os olhos naquelas coxas que pernas-para-que-te-quero, e quando dei de cara com aqueles braços nus foi de arrancar os cabelos. Essa aflição de ela me faltando levou minha fome que no fim das contas chega perdi peso.

Comecei até a fazer poesia dizendo que queria sair de mim e invejar as pessoas que nunca tinham posto os olhos nela. Mas logo caía em contradição: porque como é que ia dizer que todo mundo que nunca pôs os olhos nela era feliz se tinha uma pessoa que olhava e ficava com o coração saindo pela boca quando ela entrava na sala que era eu – dava o braço a torcer. Aí já queria dar a mão para andarmos de mãos dadas e a língua para sairmos por aí aos beijos e abraços, mas nada. Só me restava dar de ombros: estava desgraçadamente apaixonada.

Ela era uma necessidade para mim, mas só tinha uma possibilidade caminhando muito para o afastamento de a gente ficar junto. E se eu ia invertendo as coisas para ver se funcionava, parecia que nem cheiro disso: eu a amava, mas amava ela a mim? Se eu dissesse que a amava, então... ela me diria para cortar esse papo-furado?

Fui cortando relações com os amigos, e se acontecia de aparecer em algum lugar logo me chamavam de sumida. Fiquei despeitada de mim. Parei de sentir vergonha de querer me esquecer de mim. Deixei isso ir me custando os dias. Perdi a cabeça que quase dei as costas para a vida quando deixei de sentir o gosto por ela e me desliguei da esperança.

Saber o nome dela eu não sabia, mas dedicava todos os meus olhares para aqueles olhos pretos dela. Danei com meu juízo, meu sentido, e até minha camisa foi ficando de um azul muito escondido, e se me mandassem pelo correio era capaz de eu ser extraviada.

Ainda tentei salvar os óbvios coração e alma, mas não sei se desalmada ou se de alma esvaziada, o fato foi que foram me faltando as palavras. Iam ficando diminuídas, sem saída, esquecidas entre os vazios dos dentes que toda eu fui ficando vazia por dentro. Se meu olhar não tirou pedaço dela, então parece que eu q fiqu s

Volte sempre

Ei, você, você, você. É, você mesmo, não adianta essa olhadinha pra trás. Sei que faz... quanto tempo? Sei lá, um ano? Nem tanto? É que o tempo passa tão rápido depois dos 20. Quando eu tinha 16, não era assim, não. Nós andávamos no mesmo passo, eu e o tempo. Mas depois dos 20 ele seguiu sozinho e tão rápido que nunca sei quanto ele já passou. Digo um ano porque fico mais perto de acertar do que se dissesse um mês. Mas, depois de fazer as contas, é sempre mais de um ano; às vezes muito mais. Você parece nervosa; você está nervosa? Não precisa ficar porque sou virtuosa, tenho uma incrível disposição para o bem. Por que tanta desconfiança? Se não estou armando nada pra cima de você... É que desde aquela noite não a esqueci completamente. Não precisava ter ido embora daquele jeito. Mas sou virtuosa, bondosa, naturalmente, otimista. Acreditava piamente no nosso reencontro. Assim mesmo, por acaso. Sou devota dele, o acaso. O responsável por termos nos conhecido e por esse reencontro depois de tempos. Sei que para você não, mas, pra mim, nossa relação foi de um intimismo enorme. Estou sendo honesta; sempre sou honesta. Seu sumiço não fez bem a ninguém – você está tão abatida! Como se o que houve fosse perturbador. Depois de um acontecimento marcante, em que o desfecho não foi como eu queria, fico aperfeiçoando aquele momento, mesmo sabendo ser tarde demais. Fico montando e remontando o instante até que fique perfeito. Com o passar (rápido) do tempo, espero lembrar do meu momento perfeito como se tivesse sido a realidade. E, do meu jeito, você não iria embora correndo, assustada. Pensando em adultério? Em nenhum momento houve infidelidade. Imoralidade. Inexistiu. Pode dormir o sono dos justos. Durmo com os anjos e divirto-os com meus sonhos. Não sei dizer da minha vida nem do que estou pra viver. Ainda que pensando e repensando, nunca imaginaria o que vivi. Aquela noite. Agora imagine você os acontecimentos inimagináveis que ainda estão por vir, porque nem eu nem meus anjos somos capazes. Seus olhos estão tão surpresos – e eu que já passei da época das exclamações... As minhas frases tinham o tom dos seus olhos, seguidas por um ponto embaixo de uma barra. Meus pensamentos também terminavam assim: ! Agora estou mais pras reticências. Sabia que *personne*, antes de significar ser humano, queria dizer máscara de teatro, papel? De uns tempos pra cá, sempre que perguntam sobre o meu papel, respondo com os três pontos. Agora é assim: ... Mas não minto... Cada um com suas necessidades. Preciso delas de uma maneira diferente da maioria das pessoas. Dos meus gostos. Gosto(s) diferente(s). Amo, como amo (reticências). A estranheza agora está na sua garganta. Está aí, e não nas minhas palavras, nem na maneira como as coloco. Atingi a boca do seu estômago? Não é para se sentir atingida. É tão lírico amar; no sentido mesmo da lira. No meu amor, imagino uma lira gigantesca. Um *U* compridíssimo com longas cordas. Maravilhosas cordas esticadas, bem esticadas, mas que de tão grandes são grossas cordas esticadas formando um *U* – imagino uma lira gigantesca. Ouço o som das cordas da lira e o prefiro a gemidos. Os gemidos, pra mim, vêm da lira; saem das grossas cordas vibrantes que são tocadas com qualquer parte que seja de um corpo. Amo, como amo... A forma. A beleza. Dispenso compreensão, companheirismo. Afeto. Quer palavra mais tola que "afeto"? Carinho, preocupação com o outro. Tudo é besteira diante de um corpo. Linhas curvilíneas demarcando um espaço colorido. Nenhuma cor é mais bonita que a cor da pele. Uns dias atrás, passeando pela rua, vi manequins nus numa vitrine. Perfeitos. Torsos tão bem-feitos... Perfeitos. Mas descoloridos. Faltava a cor da pele. Ainda que tivessem alma (e pode ser que tivessem), faltava a cor da pele. Cor. Preciso de cor e não da tolice do afeto. Quase tão estúpido quanto "Qual é a parte do corpo que você olha primeiro?" Mas meu Deus, se os olhos são azuis vou lá olhar pro braço? Por outro lado, se os braços são fortes, vou eu lá olhar pra boca? Sem contar a olhada que vale pelo conjunto da obra – amo o conjunto da obra... Entretanto, não sou mulher de dar pequenos passos em galerias. Passinho pra cá e passinho pra lá. Sou mulher de rastejar. A beleza faz de mim lagartixa. Já foi à França? Você precisa ir pra lá e ver que aquelas pessoas de sobretudo são reais. O problema é que, no fim das contas, não gosto da idéia de sair às ruas à procura do amor, tentando encontrar o belo em corpos desconhecidos. Como somos contraditórios e complexos, não? É que sinto falta da facilidade do arranjo, da combinação. Da maquinação que coloca duas pessoas numa mesma cama. Sem as baixas das tentativas, sem as perdas do amor-próprio das procuras. Sinto falta da Clara; Clara me faz falta. Se beleza for coisa fria, o corpo dela está abaixo de zero. Gosto de olhar pra ela contra um tecido preto pra ver se aproximarem de mim os contornos do seu desenho tão nobre. Entrego-me como súdita do desenho que contorna o corpo dela. Beleza nobre que não pode ser domesticada por ninguém. Ofereço-me como súdita. Precisa ser arisca para emanar o perfume; o perfume que têm os corpos belos. De onde veio esse sentimento?, pergunto eu. A resposta não vem. Vem só a idéia de ser apenas uma espectadora. Deixar de querer atuar, de responder. Desempenho meu papel (reticente) de espectadora. Assim colocando os fatos. Prefiro dividir o mundo entre os que são contemplados e os que contemplam. Contemplo. Sendo tudo de bom que sou, naturalmente que sou generosa. Partilho. Apesar de acreditar que o fundamento do homem, que sua essência, não é o mal e muito menos o bem, mas o egoísmo, partilho. E considero todos que partilham comigo e, mais que tudo, considero essa beleza a minha família. Digo (sem ser reticente; logo, sendo contraditória) que o motivo que tenho pra sair pra trabalhar é sustentar a boca do belo. Ficamos satisfeitas assim... Ela ri. Eu rio. Digo a ela (com todas as letras) que ela realiza meu sonho de ter Helena viva. Ela ri. Eu rio. Ela faz caras e bocas – uma mais linda que a outra. Saio pra trabalhar; ponho comida dentro daquela boca linda. Trabalho pra alimentar o belo. Como você sabe, um dia sim, um dia não, viajo a trabalho. Falo só: Partilhai. E, quando volto, mais linda Clara, mais clara ainda. Então explico que tem de cultivar – partilhar e cultivar. Uma vez feito, vira pra ela e diz: "Agora que já sabe o caminho..." E me lembro da entonação nas reticências; podem ser muito maliciosas elas, as reticências. Ela não pode ser só minha. Porque quanto mais Clara partilha, mais linda fica minha família. Além disso, gosto de mimá-la, a minha família. Quando você estava com Clara, você era meu mimo pra ela e ela era meu mimo pra você. Isso nos fazia tão bem – éramos tão coradas! A pureza nos avermelhava. Puras nos nossos gostos diferentes: vocês duas tateando. Aguando – no gosto da saliva (gemido), no gosto do gozo (gemido), no gosto do suor (abraço). Eu, olhando. Os únicos toques eram nas maravilhosas grossas cordas vibrantes, bem esticadas, formando um *U* compridíssimo – é a lira gigantesca que imagino quando estou amando Clara e claro que só a Clara que amo. Corada de gozo, penso meu puro pensamento de que naquele corpo não há nada a se fazer além de olhar. Acha estranho? Mas minhas necessidades deveriam ser as da maioria das pessoas. Porque o mundo é cheio de não-me-toques. Não pode tocar. Todo mundo se arruma pra andar na rua, pra ir às festas. Pra ser visto – nem pense no toque. Nos museus: Por favor, não toque nas peças. Em algumas lojas: Chame a balconista caso deseje algum produto. Nas padarias: Só pra ver. O tato não vem naturalmente como vem a visão: ele demanda esforço. Tanto quando se tem de pagar quanto quando se tem de conquistar. É o que ele é: conquista. Ainda acha estranho olhar? Mas se é tão puro quanto o tato (ou mais)... Olhando e amando Clara, conheço o corpo dela melhor do que a ponta dos seus dedos. No momento em que meu pai me apresentou à sua beleza, soube que era com aquele corpo que eu queria viver pro resto da minha vida. Ela não achou nada estranho: "Só olhar? Claro!" Sem esforço, pagamento ou conquista. Decorar o que ela gostava? Com certeza cigarros, fumava muitos cigarros. Ainda me lembro dela dizendo que não era chegada a doce e que não tinha medo de nada. Tinha muita fé em Deus. Mas eu olhava pra Clara, claro que olhava, e tudo que pensava era que: "Os olhos são azuis! Os olhos são azuis!" (Ainda tinha muitas exclamações nos meus pensamentos...). Desde aquele instante que amo esse belo e, agora, preciso de você. Ela anda compartilhando com uma moça, mas sei que o cultivo de vocês ainda não deu todos os frutos que poderia dar. Fico preocupada porque a distância que ela mantém dos doces não é a mesma da que mantém da depressão – é chegada a uma depressão... E quando fica deprimida chega muda de cor. Fico assustada porque é assustada que uma lagartixa olha pra um camaleão. Além do perfume, com menos essência e mais álcool. Sei que desde aquela noite ela imagina os acontecimentos inimagináveis que está deixando de viver com você. Sei que foi culpa minha. Justo naquele dia esqueci minha pasta. Não tinha outra saída a não ser voltar pra pegá-la. Mas, por favor: Agora que já sabe o caminho...

Mais importante que

Passo meus dedos, bem devagar e de leve, nas costas da Mulher, enquanto me culpo das coisas que estou deixando de fazer. Ver um filme, ouvir uma música desconhecida, aprender uma língua ou um instrumento, ler um livro.

– Que tanto essa menina lê?

Lembro-me de tia Ninoca perguntando à minha mãe. Ela foi morar com a gente depois de a Dona Elza falecer, trazendo para casa seu xale preto, seu coque bem-feito e sua melancolia.

Perguntei para a mãe o que tinha acontecido com Dona Elza. Ela, que era difícil de se entristecer, respondeu bem desolada:

– Ela andava muito mal do peito, até que um dia o coração parou de funcionar. E quando o coração pára, minha filha...

Quando ela disse isso, achei que um homenzinho minúsculo fazia rodar uma manivela dentro de um escritório onde se lia à porta: "Coração – Entre sem bater". Um dia saiu de lá cansado, mas ainda deixou um aviso de "Volto já". Dona Elza começou com as pontadas no peito até que terminou – e a velhice de tia Ninoca entrou na minha infância. Ela e seus arrependimentos. Dizia para mim séria, olhos engrandecidos:

– Envelhecer é ir guardando arrependimentos.

O tempo passava angustiado, então eu ia para o quarto ler de outros lugares. Via as fotos "no alto", "de cima para baixo", "ao lado", "abaixo", "à esquerda". O rio Reno. A Suíça, como você pode conferir na reportagem que começa na página tal.

Pego o jornal sem me esquecer das costas dela. Passo os olhos nas projeções para o futuro: explosão de desemprego, aumento da violência. Mas, decididamente, hoje não estou para o futuro – estou mais para a tia Ninoca, que estava sempre para a companheira Dona Elza.

– Para ela não tinha feriado, não tinha Natal. Mulher trabalhadora igual a ela está para nascer.

Ela dizia para minha mãe, que era determinada em não contradizer. Mamãe queria fazer todo mundo feliz e gostava de ver televisão. Não mudou seus hábitos depois que o pai comprou uma – toda noite continuava a colocar a rede na varanda e ficar ali um tempo, só que agora depois da novela, e antes de sair ela dizia forçando um tom distante:

– Vou tomar um ar puro.

Mesmo na hora dos comerciais não deixava a tela, e nossa casa foi se enchendo de quinquilharias que ela justificava, aborrecida:

– Mas é a última palavra em liquidificador!

Leio as últimas palavras do jornal me deixando ficar na cama com a Mulher. Permanece em silêncio, mas tenho guardado seu tom de voz. Continuo tocando as costas daquela que entrou sem bater e tomou a manivela do minúsculo.

No dia em que contei minha versão da morte de Dona Elza, única vez em que vi a tia Ninoca sorrir, minha mãe pensou que fosse começo de choro e tratou de me chamar de menina boba, que idéia!

– Vê só?!

Perguntou a meu pai, para quem bastavam os gestos. Ele balançou um pouco a cabeça e continuou fumando seu cigarro e lendo o jornal. Depois mamãe me pegou pelo braço e me puxou para um canto, longe de Ninoca.

– Tem cuidado quando falar de Dona Elza para tia Ninoca. Era Deus no céu e Elza na terra. Tem cuidado. Abaixo de Deus era Elza!

Era mesmo. De vez em quando pegava a tia chamando pelos cantos:

– Vem Elza. Vem me buscar, velha.

Voltava da feira, mãos cheias de sacolas. Ia mostrando as compras e narrando para mim:

– Batata, tomate, alface...

Quando acabava de arrumar, dava um suspiro forte e se largava na cadeira.

– Ai, vontadezinha de morrer, meu Deus!

Ia para a sala ver televisão com mamãe. Terminava o noticiário da tarde, a mãe desligava a TV e logo dizia:

– Hoje vai fazer trinta e cinco graus no Rio de Janeiro. Trinta e cinco graus!

E se indignava por eu não gostar de assistir também.

– Mas nem desenho animado? Toda criança gosta de ver desenho animado!

Não gostava. Ficava ansiosa para fazer outras coisas, coisas mais importantes, aprender uma língua ou um instrumento, ler – apesar de meu pai sorrir e de a tia ajeitar o xale, avisando:

– Perda de tempo, minha filha. Tudo perda de tempo.

Mamãe ligava para os programas – "Para participar é só ligar para o número tal" –, falava das personagens das novelas como se fossem reais e chorava com os beijos embaixo de chuva e de música.

Vejo a mulher embaixo da minha mão que acaricia suas costas e continuo porque me parece a coisa certa em vez das procuras por mais o que fazer. Só volto a procurar o passado, as lembranças. Para tia Ninoca, a única vantagem da velhice era o apagamento das memórias.

– Tanta coisa para esquecer...

Esquecia as músicas antigas que falavam de amor e ficava cantando, repetindo sem parar, a parte que pedia a volta, que estava contando as horas e se sentindo sozinha. No final virava um murmúrio, espécie de oração, e parava para chamar para o almoço que estava na mesa. Um dia ela parou e não falou do almoço. Quando olhei, tinha lágrimas naqueles olhos escuros e maiores que nunca.

– Eu vi o seu avô. Vi o seu avô e ele me chamou de sem-vergonha. Eu pedi que me chamasse a Elza.

Nessa noite, tia Ninoca foi dormir mais cedo, e a mãe estranhou quando voltou do seu ar puro. Já tinha ido dormir? Cedo ainda! Então contei a ela o que a tia me dissera de manhã, daquilo de ter visto o vô, de ele ter apontado sua sem-vergonhice e de ela ter pedido que chamasse a Dona Elza. Eu quis saber mais sobre a parte da sem-vergonhice. Mamãe ficou nervosa. Que aquilo não era assunto de criança. Trocou de assunto:

– Ouviu isso? – perguntou a meu pai. – Depois que começa a ver morto vai num instante. Não demora muito e...

A mãe parou; o pai apagou o cigarro e deixou o jornal de lado. Ela me mandou dormir que já era tarde e ele me deu dois tapinhas na cabeça no lugar de boa-noite.

A Mulher dorme entregue a meus dedos, que passo do jeito que sei querer, bem devagar e de leve, em suas costas. Também é o que quero. Antes, no tempo em que vivia minha infância, o que queria era ouvir os mugidos do mar. Perguntei à minha tia se isso também era perda de tempo. Reparei a indiferença no levantar das sobrancelhas:

– Não é, não. É isso mesmo, minha filha. Vai achando bonito as árvores, o mar. Não tem muito mais que isso nessa vida, não.

Dois dias depois de a tia Ninoca ter visto meu avô, acordei com um grito na casa. Encontrei a tia séria e com os olhos engrandecidos olhando para o meu pai, agarrando seus braços, um pedido desesperado:

– Papai disse que vem me buscar. Não deixa papai me levar, meu irmão, não deixa!

Minha mãe olhava aquele quadro; de pé, copo d'água e remedinho. Nessas horas de nervoso sempre tinha um remedinho. Acalmava quem precisava ser acalmado.

Na manhã seguinte fui ao quarto da tia, escondida não sei de quem. Ela estava olhando pela janela como quem conta estrelas, mas sei que só via montanhas. Quando deu por mim, chamou-me pelo nome. Pôs seus dedos ossudos e brancos na minha cabeça e perguntou, até que tranqüila:

– Tem jeito de o minúsculo voltar? Um medo de ele não voltar.

Apesar de ela ali assim, fiquei um pouco irritada – então não chamava a Dona Elza pelos cantos? Era verdade, não mentia. Mas puxou meu rosto no meio daquelas mãos ossudas e brancas de repente, e apertou um pouquinho além da conta:

– Mas eu chamo pela Elza e vem papai. Vem papai!

A tia ainda continuou por quatro dias, mas no quinto meus pais me deixaram em casa sem poder ligar o rádio, nada, silêncio absoluto. Quando voltaram, já tarde, foi minha mãe quem me deu dois tapinhas na cabeça toda chorosa, e foi meu pai quem me explicou, muito grave:

– É uma perda, minha filha. Infelizmente, é uma perda.

Passo o tempo acariciando as costas da Mulher vendo o tempo passar e me desimportando com a passagem do tempo, que já vai tarde, mas não vai angustiado. Não leio mais de outros lugares. Deixo o tempo das lembranças de lado. Deixo-me esquecer do tempo – que se quiser passar, que se quiser se repetir, que vá.

Literatura fantástica latino-americana ou mulher com mulher dá jacaré

No teatro tudo é possível, alguns dizem. É na poesia, outros asseveram. No entanto, tudo aconteceu quando Maria e Marisa estavam deitadas, nuas, na cama que é de ambas. A luz poderia ser a alegada fonte causadora – forte demais ou fraca que seria quase escuridão. Mas o acontecido se deu numa penumbrazinha gostosa: a cortina permitia somente a passagem de uma luz que não era nem forte demais nem fraca que não se visse Maria e Marisa deitadas, nuas, em sua cama. E eis que, lentamente, a pele delas foi se transformando na cobiçada pele de jacaré.

A hipótese mais plausível levantada até agora sustenta que os poros não resistiram ao prazer que tinham acabado de experimentar. É uma teoria... A inveja desse amor também foi citada. Da inveja chegou-se à urucubaca, e dela para o coisa-ruim – porque obra de Deus é que isso não haveria de ser.

A população ficou apavorada (principalmente as mulheres) com a possibilidade de se tratar de uma nova doença surgida na África, que se tornasse uma epidemia, que de uma hora para outra todo mundo se metamorfoseasse nesse réptil de aparência assustadora, mas que rasteja fácil, fácil à vista de um belo rabo-de-saia. A calma só foi restabelecida quando especialistas de várias áreas concederam entrevistas cujos diagnósticos coincidiam em afirmar que as vítimas se amavam de uma espécie de amor que eles nem ousavam dizer o nome. Então as mulheres que gostavam do sexo oposto não tinham com o que se preocupar: era problema das sapatonas, e elas que se ferrassem.

A que deu em jacaré mais rapidamente foi Marisa. Pouco tempo depois de ter gritado o nome de Maria – mais porque tivesse escapado do que desejando alguma resposta da outra –, a brancura da sua pele já se coloria num verde claro que ia persistindo em se esverdear. A transformação de Maria começou logo em seguida, mas nisso Marisa já estava pisando com as quatro patas no lençol de seda. Os antigos dedos iam sendo esquecidos por Maria e Marisa, que estavam se acostumando às novas garras. A cauda já surgia enorme, imponente. A lembrança da costumeira boca também se perdia na irrelevância, quando a nova foi se projetando toda vida para a frente, levando os dentes cerrados junto.

Decidiram se mudar naquele mesmo dia. Viajaram até entrarem na bacia amazônica, onde fizeram amizade com outros jacarés que tinham passado pela mesma experiência, e com alguns lobisomens. Saíam juntos à noite, apesar do medo de arpões certeiros lançados por homens interessados em aproveitar a valiosa pele de jacaré. Os lobisomens receavam caçadores metidos a justiceiros, cujo misterioso prazer estava em se reunir sábado à noite com o único fim de bater, xingar e humilhar os lobisomens que se encontrassem indefesos e perdidos pela floresta.

Até que um dia aconteceu: Maria estava indo na frente, se divertindo com Marisa no friozinho da noite, quando sentiu a pontada de um facão. Brava como ela só, se debatia lutando para se livrar da lâmina afiada. Marisa assistia à cena desesperada – estava certa de que não conseguiria continuar reptilizando sem Maria. Tentou proteger sua amada, mas antes que gritasse o nome de Maria, esperando que a outra ainda pudesse responder, foi impedida pelo ferro da lança enterrada nas suas costas, sem escapatória. Sabendo que ia morrer, Marisa aproveitou seus dois minutos de agonia para rememorar cada momentozinho que teve com Maria.

Jogadas lado a lado na embarcação, seguiram até uma fábrica de sapatos de couro, em Santa Catarina. Assim colocadas uma do lado da outra eram idênticas – parecia até um jogo de espelhos. Os operários perceberam isso, e aproveitaram a pele de uma para fazer par com a pele da outra. Eles tiravam o modelo de Maria para casar com o corte de Marisa. Deu um sapatão número trinta e nove de bico fino. Por isso que, até hoje, elas andam por aí afora, inseparáveis. Um passo que uma dá e logo a outra vem atrás. Uma só sai se a outra também for.

Inclusive ultimamente a vida delas anda bastante agitada. Tudo indica que são as preferidas de Melissa. Todo sábado as três dançam até o dia amanhecer. Melissa trata Maria e Marisa muito bem: sempre escovando, engraxando – ainda cheiram como novas, ninguém nem diz. Aliás, Melissa é uma menina muito boa, simpática, inteligente, apaixonante, uma linda, linda, linda sulista. Claro que tem seus defeitos, como todo mundo. O que achei até agora é que ela já tem uma namorada boa, simpática, inteligente, interessante, (vá lá) linda – a seus (maravilhosamente calçados) pés.

Poema-declaração de amor

No dia em que me apaixonei pela prima da Tati
meu irmão falou:
"Ouve o que estou te dizendo,
não vai se apaixonar por uma hétero..."
Você ouviu?
Nem meu coraçãozinho.

Fábula lésbica:
quando a vaca foi para o brejo

Má a vaca não era, mas queria se vestir de maldade porque era o que estava na moda. Desejável como ela só, numa noite de sexta-feira foi conhecer o brejo mais badalado das redondezas, famoso pelas sapas que pululam até o amanhecer. Com pêlo vistoso, sininho mimoso e mugido meloso, aquela presença bovina deixou as sapas ainda mais felizes e saltitantes.

Logo que a vaca viu a sapa que era, também para as outras sapas, de tirar o fôlego das brânquias e dos pulmões, tratou de ir balançar o rabinho para o lado dela, só porque queria experimentar o beijo de uma sapa.

A cobiçada sapa desprezou suas colegas de ordem, família, gênero e espécie, arrastando as patinhas para cima da vaca. Depois disso, se a vaca pedisse para a sapa dar a patinha, ela dava; se a sapa pedisse para a vaca coaxar, ela, querendo provar que as coisas não são assim tão absolutas, coaxava com vontade, e em êxtase a sapinha ficava.

Piscando os olhinhos, a astuciosa vaca perguntava:

– Você só ama meus olhos azuis?

Ao que a sapa contestava:

– Claro que não! Amo tudo que você tanto pensa, rumina. Gosto do seu mugir mesmo quando fala do seu primeiro boi, do touro com quem você ficou só porque queria fama e dinheiro, do reprodutor que você conquistou para fazer inveja às outras vacas; tudo, tudo, tudo.

Cheia de si, a vaca estava convencida de que provava ao mundo que, mesmo os seres sendo diferentes, podem ser iguais, entende? Assim, parecia que tudo ia bem, enquanto no brejo não paravam de chegar mais sapas. Não se sabe se porque foi ficando abafado e espremido, ou se por causa do bate-estaca das sapas para cá e para lá, o fato é que mais e mais incomodada a vaca ficava. Assegurou à sapa que o problema não era com ela, decepção é que o beijo estava longe de ser, mas começava a perceber que não dava para fingir, era irreversível: infelizmente ela tinha nascido vaca e ia morrer vaca.

Desesperada, a sapa ainda tentou um:

— Não consigo viver sem você. Olha a lua...

Que apenas anunciava o dia em que, sem dó nem piedade, a vaca partiria. A ruminante lançou pata inclusive daquela típica conversinha para boi dormir, do tipo:

— Não vou te enganar, não: foi um erro eu ter vindo hoje aqui e ficado com você.

E de pronto a sapa ressaltou:

— Mas para que fazer o certo?

Agarrava-se à ilusão de que só precisava de mais quinze minutos com a vaca, mais quinze minutos e ela ficaria vaca-louca de amores. Só que a vaca parecia burro quando empaca. Dizia que queria alguém com quem pudesse rolar na grama e que, além do mais, não ia fazer a pobrezinha da sapa feliz — que num salto argumentava:

— Mas felicidade para quê?

De nada adiantou: a vaca disse que ia pastar e já voltava, mas isso não cheirava bem, porque estava claro que não levava nenhum desejo de voltar. A sapa logo entendeu que ela, objeto de desejo de todas aquelas sapas que sacolejavam ao ritmo das águas, estava sendo desprezada. Sentia-se menor porque a vaca cagou e andou para ela, que, apesar disso, nutria pela vaca aquelas coisas de sapa: um carinho doce de capricorniana, sabe? Coisa para o resto da vida, nada de aventuras.

Sozinha, a sapinha foi até a beira do rio e viu sua imagem refletida. Era pura dor. E assim ficou por muito tempo ainda: a ambicionada sapa não foi vista dando seus pulinhos pelo brejo que tanto gostava de freqüentar nas noites de sexta-feira. E tudo por causa daquela vaca!

Moral da história: sapa, não tente fazer que quem muge coaxe. Claro que você pode conseguir, quem sabe a outra até ensaie uns saltitos, mas com certeza será por pouco tempo. Cedo ou tarde, vaca que só ela, terá estômago suficiente para mandar você pastar e ir embora que nem é com ela, enrabichada que estará por um touro bravo.

Ana Paula El-Jaick
na casa de uma amiga

Ana Paula El-Jaick, a contista, tomava conta do sobrinho de uma amiga, na casa desta.

– Se eu fosse o Tom Cruise gostaria mais de mim – ouviu a confissão do menino.

Mesmo ciente de não ser um livro de auto-ajuda ambulante com autoridade para dizer como as pessoas devem agir, sentiu-se na obrigação, como a tia lésbica e tal, de preparar o garoto para a vida falando sobre aquelas coisas de não ser o padrão, de ser diferente etc. Com verdadeira severidade, aprumou-se na *bergère* e começou uma historinha edificante:

– Era uma vez uma pedra que tinha uma expressão assim... de pedra muito redonda.

Na dúvida entre dar uma lição de moral e deixar o moleque se sentindo feio e gordo, continuou:

– Ela detestava ser redonda e vez por outra se perguntava: "Que tanto sou redonda?", sentindo uma dor que a gente só deseja ao pior inimigo.

Temeu estar sendo muito dura, mas concluiu que a realidade é sempre pior e insistiu no ensino de valores:

– A pedra saía pela praia pedindo desculpas por ser arredondada. Vergonha de si própria é o que sentia.

– Mas ela era mesmo redonda?

– Redonda? Redonda e meia. Lamentava: "Por azar não sou pedra lascada". Perguntava: "Por que eu? Por que não aquela pedra ali na calçada?" Questionava se acaso ela, malfeita de nascença, deveria corrigir Deus.

A criança, entediada:

— E daí?

— Um dia uma onda gigantesca se jogou em cima dela. Ficou parada sentindo o cheiro da morte.

— Bacana.

— Lágrimas corriam. Além de circunflexa, sentia-se fraca. Por medo e desespero, virou-se para não ver e rolou areia abaixo. Quanto mais rolava, mais redonda ficava e mais perfeita deslizava, desenfreada, para a salvação. Percebeu que ser redonda não era nada mau, que era até uma virtude. Moral da história: o que é considerado um defeito ou alguma coisa da qual os outros acham que devemos sentir vergonha não é nada mau. No caso da pedra, ser redonda a salvou do perigo.

Parou esperando, num silêncio que avaliou arrebatador, a mudança imediata da personagem infantil sentada à sua frente.

No entanto, o guri:

— Cor de mentira é o que isso tem.

Ana esconjurou todas as teorias em defesa da educação sem amarras, e começava a divagar sobre o problema da liberdade quando, à queima-roupa, ele duvidou:

— E você acha que esse seu nariz enorme vai te salvar de quê?

O jogo dos dez erros

Cabe ao homem achar dez verdades durante o dia.
De outro modo, ele buscará verdades também durante
a noite, pois sua alma ainda estará com fome.
Nietzsche

Acordo ainda com sono me perguntando que milagre gostaria que acontecesse hoje. Dou um beijo suave na testa de Andréa para ela continuar dormindo e começo o dia.

Entro no elevador conferindo o cabelo e o batom no dente, e enquanto vou descendo cresce aquela coceira dos últimos dias que não tem me deixado. Esfrego as pernas uma na outra, tento pensar em praia, sol, areia, qualquer outra coisa, mas não adianta: coço vigorosamente a virilha fingindo não dar pela câmara escondida. Ando em direção à portaria ouvindo crescer os risinhos seguidos de comentários do tipo: "Parece um homem coçando o saco", "Só faltava cuspir no chão"... Penso em bater no vidro e dizer num tom constrangido: "É candidíase", mas me contento em encarar isso como uma espécie de lição do dia – quem sabe a primeira? – e esboçar um sorriso confiante antes do até que quase sincero "bom-dia".

O táxi do seu João está me esperando na porta como de costume, e, uma vez que um desgosto chama outro, lá vem: hoje seu João resolveu que queria conversar mais do que os habituais "Parece que vai chover" e o "É, está meio nublado". Continuando os ensinamentos do dia, ele me olha pelo retrovisor informando que "Essa noite vai ter um jogão: Flamengo e Vasco" e eu, que sempre odiei futebol, mas que não quero ser grosseira, pergunto por perguntar, mas fingindo interesse: "No Maracanã?". Seu João diz que sim e me deixa em frente ao consultório do doutor Marcos, meu ginecologista.

A secretária dele, de quem não sei o nome nem tenho a menor curiosidade em saber, mal olha para mim e me pede para esperar. Conforme vão chegando outras mulheres, mesmo que só para pedir uma informação ou marcar uma hora, vou percebendo que aquela recusa de olhares só acontece comigo, já que as outras ela olha, até mesmo nos olhos. Para ter certeza, faço uma pergunta qualquer sobre a música que está tocando no rádio e eis a confirmação: ela olha para a caneta que revira entre os dedos nervosos. Considerando que já perdi o medo de algumas palavras, indago se sou tão feia assim ou se o problema é minha... lesbianice. Ela finalmente olha para mim, mas é com olhos arregalados que diz "Eu sou mulher, dona Adriana, muito mulher!" Estica a trêmula mão direita à minha frente: "Sou noiva, dona Adriana. Caso mês que vem". Como não quero magoar a convicta dizendo que por mim ela pode se casar com um astro de cinema que não faz a menor diferença, que o fato de eu gostar de mulher não significa que goste de todas as mulheres (...) como ela, limito-me a dar os parabéns e a desejar muitas felicidades aos noivos.

Entro na sala espetacular do doutor Marcos com vontade de fazer um escândalo digno dela, mas me acalmo dizendo a mim mesma que é só um dia comum, um dia como outro qualquer, *carpe diem* etc. Chega a hora de me deitar naquela mesa horrorosa aos conselhos dele para eu relaxar, ficar bem relaxada que é melhor para mim. Pergunta "E as mamas?", respondo "Caídas, doutor. Caídas de dar dó". Então me manda fazer ginástica, diz ser uma vergonha eu, casada com uma professora de educação física, levar essa vida sedentária e, dando seguimento a esse dia instrutivo em que começo a achar que era melhor ter ficado em casa, mostra que ignorância não respeita idade, sexo, classe social nem grau de escolaridade e solta a pérola: "Pelo menos é você que faz o papel de homem? Porque assim faz mais exercício..." Quase caio para trás, só ficando presa pelos joelhos naquela mesa horrível, mas me recupero do susto reclamando da coceira que não tem me largado esses dias e que suponho ser candidíase. Ele confirma minha suspeita e passa o nome do remédio; despeço-me dando mais parabéns para a mulher que agora consegue esboçar um sorriso distante e parto para o escritório.

Como não é muito longe, decido ir a pé mesmo, o que para mim equivale a um exercício de alto impacto. No caminho, encontro um cara que estudou comigo no colegial, herdeiro da concessionária de carros da qual está orgulhosamente em frente, braços cruzados. Logo que me vê vem me abraçar e me convidar para conhecer a loja, tomar um cafezinho, colocar o papo em dia. Quando começo a pensar que ele 1. estava me confundindo com outra pessoa; 2. tinha se esquecido das minhas preferências sexuais ou, quem sabe; 3. estava querendo provar que eu tinha sido mal comida, ouço a seguinte sugestão de compra: "Tenho aqui umas picapes maravilhosas, cabine dupla, você vai ficar de queixo caído, cara". Não sei se estou de queixo caído, mas tento um gesto muito feminino de jogar o cabelo para trás e, forçando uma voz roucamente *sexy*, confidencio um até quase frágil "Não sei dirigir, querido. Tenho medo". Ele fica surpreso, eu completo que preciso ir trabalhar, concluímos que foi um prazer nos termos visto e caminho rumo ao escritório.

Como Janaína, minha secretária, ainda não chegou do banco, aproveito para reler a petição que preparei ontem à noite. Quando acabo e começo a pensar nos acontecimentos da manhã, ela chega se desculpando por não ter deixado um recado me avisando que Andréa tinha ligado. Para meu desespero, acrescenta com aquela curiosidade maliciosa em saber o tempo todo o que as outras famílias estão fazendo, ainda mais eu e Andréa – seres misteriosos, que tudo que fazem ou dizem tem duplo sentido, um significado outro que ela está disposta a investigar até descobrir: "Com uma voz ciumenta... É muito ciumenta a dona Andréa, não é não?" Chego a me perguntar se não é tudo verdade, se o ciúme das lésbicas não é mesmo o maior de todos, que se existe o crime passional não é por culpa (ou dolo?) nossa, mas não consigo decifrar o que vem a ser uma voz ciumenta e ligo para o meu amor.

Minha ciumenta predileta pede para eu não me esquecer de levar o macarrão que ela planeja preparar para o almoço de amanhã e sugere, docemente furiosa, para eu não chegar tarde em casa porque está morrendo de saudades de mim... Até fecho os olhos e respiro fundo por esse momento cor-de-rosa (ou azul?). Então, preguiçosamente chamo Janaína para ir ao supermercado comprar o tal macarrão. Entretanto, é claro que quando eu já estava prestes a pegar o dinheiro na bolsa, ela tem que se lembrar de perguntar: "Mas vocês duas cozinham?!" Digo a ela pra deixar pra lá que depois eu compro, recebo meus clientes, meus honorários, lembro-me de Andréa me tranqüilizando que nunca vai me abandonar porque no dia do Juízo Final, lésbica como ela só, vai precisar de uma boa advogada para se safar, e, lá pelas sete horas, volto para casa no táxi que não é o do seu João, recordando que na primeira vez em que vi Andréa nunca falei tanto para os meus olhos "Olha que coisa mais linda!"

Não me esqueço de pedir ao motorista para me deixar no supermercado que fica a duas quadras do apartamento. Quando estou no caixa, a essa altura acreditando ingenuamente que a aprendizagem do dia tinha chegado ao fim, tenho meu suspiro de alívio cortado ao meio pela gerente, que me pega pelo braço me obrigando a pular de susto: "Doutora Adriana, a senhora precisa conhecer nosso novo setor de bebidas importadas. Cada uísque... A senhora gosta, não gosta?" Não, não gosto. Na verdade, odeio uísque, cerveja, vodca, mas até que quase desolada digo a ela que hoje estou terrivelmente cansada, mas que outro dia, com certeza, volto para conhecer.

Entro no prédio cumprimentando os porteiros e pego o elevador com meu vizinho de porta. Como também comprei refrigerantes, tenho a doce ilusão de que ele vai se oferecer para levar as compras até minha cozinha. Assim, quando a porta do elevador se abre, fico parada esperando e só depois de passados alguns segundos é que ele se dá conta: "Precisa de uma força aí?" Fortemente enraivecida, levanto de pronto as sacolas de compra mostrando que não preciso, o que faz que ele elogie meu preparo físico e confidencie que também quer fazer musculação, enfim, também quer ficar forte. Conto até dez e dou a ele um cartão da academia de Andréa, pelo qual ele agradece e me deixa entrar em casa carregando, sozinha, as sacolas pesadas de refrigerantes.

Ouço o barulho familiar da TV ligada no quarto e vejo a luzinha da secretária eletrônica piscando porque tem mensagem para mim. É mamãe, feliz da vida, já que ouviu dizer que os cientistas estão pesquisando uma forma de ter filho sem precisar de homem, a partir de uma célula do corpo, de qualquer parte do corpo, que eu e

Andréa temos de ver essa história direitinho, porque isso de ser casada e não ter filho é muito estranho, isso não é família, e já depois de ter estalado um beijo, quase que estava ouvindo o sinal me avisando que não tem mais mensagem, vem aquela pergunta de sempre: "Você está feliz, minha filha?" Largo o corpo no sofá e me deixo ficar olhando para a frente com a pergunta da minha mãe martelando na cabeça – estou feliz? Ouço de novo o barulho familiar da TV ligada no quarto, que traz o desejo de ver imediatamente meu amor, que é ilimitado porque não se contenta com menos que tudo, nem com felicidade pelo meio. Pego Andréa choramingando com o fim de um dramalhão. Ela tenta disfarçar me perguntando por que todo filme que quer mostrar o fundo do poço de uma mulher tem essa cena dela chorando e uma lágrima preta escorrendo por causa do lápis de olho. Digo a ela que não sei, afinal de contas, desde que estou com ela nunca mais dei de cara com a tristeza que até já me esqueci como ela cheira. Meu amor me abraça forte e me dá um longo beijo na boca. Confesso no seu ouvido: "Quanta coisa eu aprendo todos os dias por amar você". Ela sorri envaidecida e nos deixamos ficar ali bem abraçadas, uma só criatura de quatro seios, enquanto penso que a única coisa que quero agora é que o milagre de ter Andréa aqui comigo seja daquele tipo de milagre que nunca tem fim.

A autora

Ana Paula El-Jaick é formada em Direito e Letras pela Universidade Federal Fluminense. Terminou seu mestrado em Lingüística pela Pontifícia Universidade Católica do Rio de Janeiro em 2005 e, atualmente, faz seu doutorado na mesma área e na mesma Universidade. Em 2000 teve o conto "GL?" publicado na coletânea *Triunfo dos pêlos e outros contos GLS*, também das Edições GLS.

IMPRESSO NA

sumago gráfica editorial ltda
rua itauna, 789 vila maria
02111-031 são paulo sp
telefax 11 **6955 5636**
sumago@terra.com.br